A DAMA DA INTERNET

Com a colaboração de Ecila Pedroso,
Ana Claudia Batista e Ana Tavares.

RICARDO AMARAL

apresenta

A DAMA DA INTERNET

NEVILLE D'ALMEIDA

Casa da Palavra

Este livro foi revisado segundo o Novo Acordo Ortográfico da Língua Portuguesa.

Direção editorial
Martha Ribas
Ana Cecilia Impellizieri Martins

Curadoria
Ricardo Amaral

Editora
Fernanda Cardoso Zimmerhansl

Editora assistente
Beatriz Sarlo

Copidesque
Luísa Ulhoa

Revisão
Lilia Zanetti

Capa
Babilonia Editorial - Rafael Nobre

Foto de capa
Getty Images - Vika Valter

Contracapa: arte e fotografia
Neville D'Almeida e Fernando Grilli

Diagramação
Abreu's System

CIP-BRASIL. CATALOGAÇÃO-NA-FONTE
SINDICATO NACIONAL DOS EDITORES DE LIVROS, RJ

D154d
D'Almeida, Neville
A dama da internet / Neville d'Almeida. - Rio de Janeiro: Casa da Palavra, 2012

ISBN 978-85-7734-309-6

1. Ficção brasileira 2. Relação homem-mulher. I. Título.

12-8244. CDD: 869.93
CDU: 821.134.3(81)-3

09.11.12 09.11.12 040507

CASA DA PALAVRA PRODUÇÃO EDITORIAL
Av. Calógeras, 6, 1001 – Rio de Janeiro – 20030-070
21.2222-3167 21.2224-7461 divulga@casadapalavra.com.br
www.casadapalavra.com.br

PREFÁCIO

O caminho de criação do *A dama do lotação* foi o inverso daquele percorrido pelo do *A dama da internet*. O primeiro nasceu do texto primoroso do mestre Nelson Rodrigues e transformou-se em roteiro de filme realizado por Neville d'Almeida. Já o segundo nasceu do roteiro para o cinema, agora romanceado. Aí sim, a estrada passa a ser a mesma.

Nesse texto, Neville d'Almeida ousa contar uma história simples, verossímil, audaciosa e muito criativa, estabelecendo uma intimidade imediata com Luísa, personagem central muito próxima de todos nós. Os personagens são vivos, estão por aí, indo aos mesmos cinemas, as mesmas missas, aos mesmos restaurantes que toda a classe média e média alta frequentam. Estudaram nos mesmos colégios, nas mesmas universidades.

Uma história que, ao adotar os novos caminhos das redes sociais, ganha uma dinâmica moderna, mostrando o quanto estes novos instrumentos podem influir no cotidiano.

Não foi ao acaso que estou realizando esse projeto do Neville na condição de curador e uma espécie de produtor. Temos uma história lá atrás. Em 1969, no auge da ditadura militar leio uma entrevista no *Pasquim*, cuja chamada de capa era Leila

Diniz com ***. Toda vez que nossa musa falava um palavrão sapecavam um asterisco. Eram mais asteriscos que palavras! Essa reportagem foi inspiradora. Chamei Neville para realizar um show *Leila e Beth sem* ***. Reunia uma turma da pesada: Leila Diniz, Beth Faria, textos do talentoso Luiz Carlos Maciel, autor também da entrevista. Foi um Deus nos acuda! A Polícia Federal fechou as portas da Sucata no segundo dia. Foi o famoso show dos dois dias! Uma tentativa de proporcionar às duas mulheres belas e modernas a possibilidade de se soltar, de espontaneamente tratar no palco aquilo que só era permitido numa conversa entre amigas.

Agora, com *A dama da internet*, Neville tem a oportunidade de visitar com intimidade a modernidade digital, mas nunca se esquecendo de que é membro de uma das gerações em extinção, que o sociólogo Domenico de Masi classifica de "os últimos sensuais analógicos"!

A magia da combinação de atividades de criação tão vastas proporciona a possibilidade a esse roteirista, ator, cineasta, escritor e artista plástico de transmitir ao leitor suas experiências, tratando seus personagens com intimidade. Joga com a simplicidade e o absurdo de maneira ousada. Ensina que perdoar é melhor que vingar. Que a libertação vem por caminhos estranhos. Que do cinturão de castidade até hoje, mudou pouco. Tudo começa agora!

Ricardo Amaral

O CASAMENTO

Nem Luísa soube explicar o que lhe passou pela cabeça naquele momento. Largou o que estava fazendo e começou a fotografar o que estava em volta com seu Iphone e postar em sua página do Facebook usando o aplicativo Instagram que tinha acabado de instalar. Depois de fotografar o seu quarto e cada detalhe de tudo e todos que estavam nele, foi para a janela do seu apartamento na avenida Atlântica, em Copacabana, e, do décimo segundo andar, ficou olhando o movimento e fotografando. Regina, sua amiga no Facebook, imediatamente escreveu o comentário: "Amiga, o dia tá divino."

Jorge, outro amigo do Facebook que estava on-line, também escreveu seu comentário: "Você não tá atrasada, não?"

Cristina, a mãe de Luísa, imediatamente protestou:

– Minha filha, estamos atrasadas! Isso é hora de ficar olhando pela janela? Isso é hora de ficar digitando no celular? Será que você não larga o celular nem no dia do seu casamento? Venha vestir o seu vestido de noiva. – Completou sua indignação comentando com o cabeleireiro que também estava no quarto e igualmente surpreso: – Você já viu uma noiva largar tudo pra ficar digitando e fotografando o quarto e a rua, Dudu?

– Não – respondeu Dudu, o cabelereiro e amigo de Luísa. – Mas as noivas são imprevisíveis. Além disso, elas podem tudo nesse dia!

Apesar dos protestos e comentários, Luísa não conseguia largar o seu Iphone. Estava tão eufórica, nervosa e fascinada com o momento que vivia. Esse momento era tão esperado, tão sonhado, que ela ficava como hipnotizada olhando para a página do Facebook, enviando e recebendo o comentário dos amigos sobre o que estava acontecendo.

– Meu Deus, Luísa, esse vento vai acabar com seu penteado. Você vai entrar desgrenhada na igreja e vão colocar a culpa na mona aqui – disse Dudu em outra tentativa de trazê-la de volta à realidade. – Fofa, vamos terminar esse penteado pra você entrar divina na igreja.

Mas, para Luísa, todos aqueles comentários eram vozes longínquas, quase pertencentes à outra dimensão. Ela mesma confessou à Mônica, algum tempo depois, que não sabia explicar o que acontecera naquele momento, por que ela havia tido essa vontade compulsiva de se comunicar com seus amigos do Facebook quando deveria estar se preocupando única e exclusivamente com seu casamento. Talvez naquele momento sentisse a mais profunda solidão e precisasse de seus amigos. A ironia é que seus amigos eram virtuais, mas um amigo real, de que ela tanto precisava, não estava ali naquele quarto. Estavam presentes somente a mãe e o Dudu. Os amigos de Luísa estavam on-line e alguns ela provavelmente jamais encontraria pessoalmente durante sua vida. Talvez por isso ela também tenha ficado olhando o movimento da avenida Atlântica através de sua janela.

A vista linda, com o ir e vir das ondas do mar, era sua visão de todo dia, mas hoje lhe provocava uma emoção diferente.

Será que ela estava muito sensível por causa do seu casamento que aconteceria em poucas horas? Provavelmente. Ela estava prestes a dar o passo mais importante da sua vida. Estava prestes a se casar com o homem que amava e prometer diante de Deus passar a vida inteira com ele. Seria por isso que olhar aquele movimento de pessoas, carros, ônibus despertava sentimentos tão inesperados? O mar de repente não lhe inspirou o sentimento de liberdade de costume. Sentia-se sufocada.

Ela, que vinha de Vila Isabel, mudou-se na adolescência para a Tijuca e ali foi crescendo até chegar à faculdade. Aliás, foi exatamente na faculdade que conheceu o namorado, agora quase marido, Marcos. Ela, estudante de arquitetura. Ele, de engenharia. Agora, estavam a um passo do altar. Naquele momento ela estava muito feliz. Um sentimento de nostalgia a invadiu. Lembrou-se dos prazerosos momentos de leitura dos seus clássicos favoritos. Os livros tão queridos que iam e vinham à sua cabeça foram determinantes em sua vida... Madame Bovary, Júlia, Capitu, Anna Karenina, Luísa. Ah, a literatura! Ela se sentia como uma daquelas heroínas, lutando para serem compreendidas e felizes. Custasse o que custasse.

A vida de Luísa estava perfeita, havia conseguido o que sempre sonhou. Então, por que aquele sentimento de insatisfação insistia em invadir sua alma? E teria ficado nesse dilema, tentando descobrir o significado dessa mistura de sentimentos, se a mãe não tivesse gritado:

– Luísa! Tudo bem que a noiva se atrase um pouco, mas não vamos deixar o Marcos esperando demais!

Ouvir o nome do Marcos, ouvir o nome do seu noivo, pareceu trazer Luísa de volta à realidade. Ela rapidamente fotografa a rua e o mar de Copacabana para postar no Facebook, resolvida de que seria sua última foto e comentário em sua página como uma mulher solteira. Mudaria seu status em poucas horas de "em relacionamento sério" para "casada". A foto da avenida Atlântica com o mar ao fundo foi postada com a seguinte legenda: "provavelmente a última visão do meu apartamento de solteira."

As respostas vieram na velocidade da luz: "Qual é, Luísa? Eu lá quero saber de avenida Atlântica? Quero saber é dos detalhes sórdidos", escreveu Mônica, sua amiga de infância. Luísa e ela sempre combinavam de se encontrar pessoalmente. De vez em quando as duas conseguiam achar brechas em seus compromissos para tomar uma água de coco na praia, um chope no bar ou um café. Luísa sorriu ao ler o comentário da amiga. E logo em seguida chegou outro comentário: "Mar, calçadão? Eu quero saber de que cor é a calcinha da noite de núpcias!" Esse comentário veio de Janete. Luísa estranhou tanta liberdade de Janete, uma pessoa que ela nem conhecia. Ficaram amigas no Face porque era amiga de uma amiga de uma amiga de uma amiga que Luísa nem lembrava mais quem era. Luísa nem sequer respondeu.

Os seus amigos do Face não entenderam nada. Por que postar uma foto como aquela pouco tempo antes de se casar? Na cabeça de Luísa, aquela foto era uma tentativa de eternizar o momento. Como o amor que ela sentia por Marcos. Queria transformar o amor em eterno. Assim como ela queria eternizar o seu casamento. "Até que a morte os separe", diria o padre em poucas horas e ela pensaria: "Nem a morte vai nos separar." Eternizar. Mas que grande bobagem! Nada se eterniza hoje em dia. Tudo se faz e se desfaz numa velocidade impressionante, e isso Luísa não demoraria a descobrir. Mas, a poucas horas de dar esse passo que achava ser decisivo, ela tinha certeza de seu amor, o que não a impedia de sentir medo. Medo e felicidade, tudo ao mesmo tempo. Chegou outro comentário que tirou Luísa de seus pensamentos: "Cadê o vestido de noiva?" e Luísa escreveu: "Daqui a pouco."

– Luísa, minha filha, pela última vez, venha se trocar. Desgruda desse celular!

– Tá certo, mãe, eu vou me concentrar no meu casamento.

E Luísa finalmente estava em frente ao espelho, linda, vestida de noiva, emocionada e feliz. Pediu ao cabeleireiro que a fotografasse e, para delírio dos seus amigos da rede social, postou o vestido para que todos vissem. Mas não conseguiu ler os comentários porque a limusine já a esperava na porta do prédio.

Marcos fez questão de alugar uma limusine para levar a noiva até a igreja. Ele sempre teve mania de grandeza. Influência da mãe, uma mulher nascida e criada em Ipanema, classe média alta que se achava milionária. Todos consideravam sua sogra, Joana, cafona, uma perua metida a sofisticada. Luísa e Marcos quase brigaram feio por causa dessa limusine, mas ela acabou cedendo. Resolveu não criar caso às vésperas do dia mais importante de sua vida: o dia de seu casamento. Enquanto percorria o trajeto até o Outeiro da Glória, Luísa, acompanhada de seu pai, Jonas, postava no Facebook aquele turbilhão de emoções que estava sentindo. Escrevia sem parar: "Estou com vontade de rir, de chorar", "Estou com vontade de fugir, de chegar logo", "É muita emoção pra um só dia". E grande parte de seus amigos da internet davam palpites, acompanhavam aquele momento único na vida de uma mulher.

Passaram pelo aterro do Flamengo quando seu pai lhe disse:

– Você se lembra dos nossos passeios por aqui?

– Eu lembro que você sempre me contava que quando os descobridores chegaram à Baía de Guanabara (que ainda não tinha esse nome) tiveram uma visão paradisíaca. Águas cristalinas, peixes em abundância, enseada de areia branca e tudo emoldurado por essas montanhas maravilhosas. Sabe, pai? Essa imagem ainda é tão forte que é como se eu fosse um desses descobridores.

A limusine estacionou em frente à igreja e Jonas abriu a porta para que Luísa saísse e ele a conduzisse ao altar. Entraram na igreja e lá estava Marcos, o prometido, o príncipe encantado. Luísa sorria entre lágrimas. Os convidados também sorriam emocionados, ao som de "Emoções" de Roberto Carlos, enquanto ela "desfilava" pelo corredor da nave da igreja para ser entregue ao homem que amava. Lindo, cheiroso e gostoso. Entre tantos amigos e convidados, estava Mônica, sua colega de classe desde o primário do Colégio São José, na Tijuca. Ela não poderia faltar. As duas eram como irmãs. Mônica estava muito, muito emocionada e de vez em quando fazia gestos para a amiga que estava no altar, feliz de ter sido escolhida para ser madrinha de sua melhor amiga. Luísa imediatamente entendia esses gestos. Mônica sabia de uma coisa, que ela identificava: Luísa estava feliz, mas uma expressão típica denunciava sua insegurança.

Depois de uma cerimônia emocionante, na qual todos os convidados das primeiras filas choraram, o padre Janjão disse:

– Eu vos declaro marido e mulher. Pode beijar a noiva.

Luísa e Marcos se olharam apaixonadamente e se beijaram. Era para ser um beijo emocionante, pois seria o primeiro como marido e mulher. Mas Marcos exagerou. Havia uma lascívia e certa animalidade no comportamento do noivo. E bem na frente do padre. Na frente de todos, convidados, padrinhos, pais e mães. Os mais atentos perceberam que ela estava completamente sem graça, constrangida e sem saber o que fazer. Mônica notou imediatamente, mas não podia fazer nada para ajudar sua amiga. Luísa também não podia rejeitar o beijo do marido. Ela queria aquele beijo. Como ela queria. Mas não daquele jeito, não daquela maneira, não com aquela agressividade. O padre, tão amigo da família, o que iria pensar? Até que Luísa conseguiu tomar uma atitude e afastou Marcos sutilmente.

– Calma, Marcos, o que o padre vai pensar? – sussurrou ao ouvido do marido.

– Agora somos casados, Luísa, nós podemos tudo – retrucou Marcos.

– Eu posso parecer antiquada, careta, fora de moda, mas eu acho, meu amor, que tem lugar e hora pra tudo. Mesmo sendo casados.

Os dois saíram pelo corredor, braços dados, sorrindo para os convidados. Mas no meio daquela felicidade toda, Luísa sentia-se de certa forma angustiada e frustrada. Imediatamente ela tirou esses pensamentos da cabeça. Era dia de felicidade total. Estava linda e feliz.

O casal foi recebido na escadaria do Outeiro da Glória com uma chuva de arroz e Luísa resolveu jogar o buquê ali mesmo. Não quis esperar pela festa. Jogar o buquê é um grande acontecimento, principalmente para quem o pega. Todas aquelas mulheres, loiras, morenas, brancas, negras, mulatas, gordas, magras, jovens, velhas, só queriam uma coisa: pegar o buquê. Helena foi a sortuda. Lena, como ela gostava de ser chamada, era muito amiga de Luísa desde o tempo da escola, assim como Mônica.

– Tomara que eu arranje um gato como o seu marido, Luísa – falou Lena, com o buquê nas mãos. – E, amanhã, quero saber tudo sobre a noite de núpcias. Manda uma mensagem pra mim.

– Pra mim também – disse Mônica. – Vou ficar torcendo pra dar tudo certo, morta de curiosidade.

– Se eu não estiver exausta, eu mando – brincou Luísa.

Nesse momento a conversa foi interrompida pelos gritos de "Viva a noiva!". E os noivos partiram imediatamente para a festa, que seria no pátio do Outeiro da Glória. Era um desejo de Luísa e Marcos concordou. Na verdade, Marcos concordou com tudo. Ele não queria ter trabalho com a cerimônia na igreja, festa, convidados e tudo o que envolve um casamento. De fato, é um trabalho desgastante, achava que era dever da mulher.

A festa no pátio da igreja tinha uma atmosfera lúdica, que remetia Luísa à sua infância. Por isso ela fez tanta questão de realizar os comes e bebes nesse local. Sua mãe, Cristina, sempre muito católica, ia à missa todos os domingos e sempre ali. A igreja mais bonita do Rio de Janeiro, na opinião de Luísa. Aqueles painéis na sacristia retratando cenas bucólicas da cidade eram de tirar o fôlego para um visitante com o olhar mais atento. E o seu olhar sempre foi muito atento.

Quando Luísa chegou de braços dados com Marcos à festa, sentia seu sonho realizado. Cada detalhe que ela havia planejado estava lá. As tendas brancas ornadas com flores do campo que davam um colorido às vezes discreto, e sempre de bom gosto, em perfeita harmonia. O DJ já estava tocando quando eles chegaram e um telão exibia aos convidados fotos de Luísa, de Marcos e da família dos noivos.

Assim que eles entraram, Marcos trocou Luísa por uma taça de champanhe, que bebeu praticamente num só gole. E essa cena se repetiu durante a noite toda e foi registrada no vídeo do casamento. A câmera seguiu o casal o tempo todo, como em um *reality show*. Luísa ficou o tempo todo preocupada em parecer feliz e em não cometer nenhuma gafe. Mesmo vendo Marcos entornar taça após taça de champanhe, ela sorria para tudo e para todos. O bufê foi servido e estava perfeito. Os convidados se divertiam. Dançavam, conversavam, faziam brincadeiras e piadas – é incrível como nessas horas todo mundo tem uma piada sobre ser casado ou solteiro. E a câmera continuava ali, filmando tudo, todas as brincadeiras e todos os copos de bebida que o Marcos estava tomando. De repente, o DJ interrompeu o som e imediatamente Luísa gelou e confidenciou para Lena:

– Pronto! Alguma coisa deu errado. – Foi também o primeiro pensamento que ela teve.

Mas o DJ só tinha parado de tocar porque o deputado Talarico de Castro, padrinho e amigo de Marcos, resolveu discursar. É claro que o deputado não perderia essa oportunidade. Ele precisava discursar. Vício profissional. Ele precisava brilhar onde quer que estivesse e não seria diferente no casamento de Luísa e Marcos. Era um homem vaidoso, que vivia fazendo tratamentos, se arrumando. Tinha cabelos e bigodes pintados de preto que o deixavam um pouco cafona, mas sempre estava muito bem-vestido. Com a sua arrogância, e movido pelo efeito de algumas taças de champanhe, ele disse algumas palavras:

– Estou neste momento emocionado e feliz por estar aqui e ser o padrinho de Luísa e Marcos. E eu quero declarar que vocês são como meus filhos, e tenho certeza de que este casamento é para sempre. Nada poderá destruir o amor que existe entre vocês. Eu vou cuidar pessoalmente para que vocês fiquem juntos para sempre.

Aplausos gerais. Alguns assovios e comentários gritados, reforçando as palavras do amigo deputado. Ele conseguiu chamar a atenção no casamento, conseguiu que os refletores estivessem sobre ele nem que fosse por alguns minutos. Ele não se perdoaria se esse momento passasse em branco.

Então chegou a hora da primeira dança dos noivos. O DJ pôs para tocar uma valsa. Marcos dançou distraidamente. O movimento repetitivo dos passos de valsa – para um lado, para o outro – remetia Marcos a um futuro monótono e previsível. Era a ideia sufocante de dividir a vida com a mesma pessoa por toda a eternidade. Quantas mudanças numa única palavra: sim! Sim, aceito! E a vida nunca mais seria a mesma. No final da dança, todos aplaudiram. Esse momento mágico foi interrompido pelo padrinho, o deputado Talarico de Castro, que arrancou Luísa dos braços do marido para dançar com ela.

A dança foi um desastre total. O digníssimo deputado também estava bêbado e constantemente pisava no pé de Luísa.

– Me desculpe.

E voltava a pisar.

– Me desculpe de novo.

Mas os tropeções dele não perturbavam Luísa. O que a perturbava – e muito – era que, no sorriso bêbado do deputado, ela conseguia detectar uma certa malícia. Isso, sim, a incomodava e muito. Quer saber? Ela nunca foi com a cara desse deputado. E Marcos, tão logo se viu livre da valsa, voltou para sua taça de champanhe. Sempre pedindo mais e bebendo em um só gole, repetidamente.

Eram tantos cumprimentos, tantos votos de felicidades, sorrisos, chamegos, que chegou um momento que Luísa não via a hora de aquela festa acabar. Os convidados já estavam ficando todos bêbados e começavam a dar problema. O próprio deputado teve que apartar uma briga entre dois colegas de escola do Marcos. Cena clássica: um mexeu com a mulher do outro. Luísa, discretamente se aproximou de Marcos e, antes que ele não conseguisse dar mais um passo de tão bêbado que estava, ela lhe disse:

– A cerimonialista está nos chamando. É hora de cortar o bolo!

Imediatamente todos ficaram em volta da mesa. Luísa e Marcos seguravam a faca, aproximando-a do bolo lentamente. Tinha que ser devagar para que todas as fotos pudessem ser tiradas. Era como ter um dia de celebridade. O bolo era grande: dois andares com uma torre no centro do segundo andar, e, no alto da torre, os bonequinhos dos noivos, Marcos e Luísa. Cortaram o primeiro pedaço e Marcos, com a mão pesada de tanta bebedeira, esbarra nos bonecos, que se desequilibram e caem da torre. Os dois bonecos afundaram no glacê que cobria o bolo. Essa cena impressionou muito Luísa, porque foi a última imagem de seu casamento que marcou sua memória: os dois bonecos afundados de cabeça para baixo no glacê que cobria o bolo.

A PRIMEIRA NOITE

A limusine conduziu os noivos ao hotel. E, até chegarem lá, Marcos não largou o copo de bebida. Luísa já estava incomodada com tanta "comemoração".

– Muita bebida, muito cigarro, muita farra, não, Marcos?

– O que você queria? Estamos comemorando. É assim que as pessoas comemoram. É nosso casamento, caramba. Não vai começar a implicar agora!

– Eu sei, claro, eu sei. Acho que estou cansada. É isso.

– Você insistiu pra ter uma superfesta. Tá aí, você teve.

– É que é um dia especial, uma ocasião grandiosa, uma data inesquecível que vai mudar as nossas vidas. A gente tinha que ter uma superfesta.

– Bom, a festa já acabou. Ou melhor, agora é que vai começar de verdade.

Falando isso, Marcos começou a dar uns amassos em Luísa na limusine. Recém-casados, jovens, nada mais natural. Na verdade, Marcos queria transar ali mesmo, dentro da limusine. Ele já foi enfiando a mão debaixo do vestido de Luísa e ela só conseguia ver que o motorista não tirava os olhos do espelho retrovisor. Quando imaginou que o motorista poderia estar se masturbando só de olhar aquela postura sensual de Marcos, seu tesão acabou. Ela imediatamente se afastou do noivo. E Marcos, em tom de brincadeira, falou:

– Qual é, Luísa? Sou seu marido, tenho meus direitos.

Os dois acabaram rindo daquela brincadeira de Marcos.

Logo a limusine chegou ao hotel para felicidade de Luísa. E foi a vez dela de fazer uma brincadeira.

– Enfim chegamos, meu amor. Agora tudo vai se ajeitar. Nossa primeira noite.

– Até parece, Luísa, a gente já dorme juntos há quanto tempo? Cada uma que você fala...

– Mas é a primeira noite como marido e mulher, meu amor. Dá pra ser um pouco romântico?

– Claro. Romântico. É o que eu vou ser.

Luísa e Marcos entraram no hotel.

Era em frente à praia, com direito a toda mordomia possível. Os noivos foram recebidos como a verdadeira realeza. Naquele momento, Luísa teve a certeza de que estava vivendo um conto de fadas de verdade: tinha se casado com o homem que amava, eles teriam uma vida confortável e poderiam se dar pequenos ou grandes luxos, como esse, de passar a primeira noite de casados em um lugar deslumbrante.

Diante da elegância do saguão e da cordialidade do atendimento, Luísa só conseguia sorrir. Sorria para tudo e para todos. E por que não? Ela estava realmente feliz.

Marcos foi imediatamente fazer o *check in* no balcão e ela ficou olhando para um arranjo de flores brancas que estava apoiado em uma mesa. Era lindo. Luísa estava perdida em seus pensamentos, enlevada. Falou para um hóspede que estava passando ao lado dela, sem nenhuma cerimônia:

– Por que será que a gente só percebe a beleza que existe nesse mundo quando se está feliz?

O hóspede sorriu e, sem responder, foi embora. E Luísa ficou lá, absorta, sabe-se lá por quanto tempo olhando aquelas flores. Ela queria curtir cada momento, aproveitar cada pedacinho de tudo e registrar. Começou a tirar fotos do hotel, do Marcos, das flores, dos funcionários, do elevador, dos outros hóspedes. Um casal de japoneses achou estranhíssimo serem fotografados e saíram do saguão resmungando. Ela nem se importou. Não queria perder uma imagem, e, movida por uma vontade incontrolável, postava todas as fotos no Facebook. Mensagens iam e vinham. As pessoas curtiam. Faziam comentários. Cutucavam. Seus amigos virtuais davam a maior força. Parecia que uma multidão estava junto com Luísa naquele saguão de hotel até Marcos se aproximar e tirar o celular das mãos da esposa.

– Não vamos precisar disso agora. Desliga esse celular pra gente ir para o quarto.

E foram para o quarto com um funcionário do hotel, que carregava as malas. Mas não era qualquer quarto, era a suíte presidencial. Marcos deu uma gorjeta ao garoto e entrou. Luísa não conseguiu. Ficou na porta, parada, olhando, contemplando tudo aquilo. A sala da suíte presidencial era muito bem decorada, tudo muito requintado. A varanda tinha vista para a praia. O serviço era impecável. As flores espalhadas pela sala e pelo quarto, colocadas em lugares estratégicos, davam um toque especial e íntimo ao ambiente. Luísa finalmente tomou coragem e entrou. Logo viu a cesta de frutas com a garrafa de champanhe e as taças de cristal. Pétalas de rosas marcavam o caminho até a cama. E o banheiro era muito luxuoso, todo em mármore. Entrou para se trocar, enquanto escutava a voz do marido, que pedia duas garrafas de uísque pelo telefone. Claro que poderia ter mudado de roupa na frente do Marcos. Já havia ficado nua para ele inúmeras vezes antes. Mas era a primeira noite como marido e mulher, e ela queria que fosse especial. Queria fazer uma grande entrada com sua camisola de renda. Ela queria os holofotes. Queria ser a protagonista, a estrela daquela noite: precisava de uma entrada triunfal, o centro do palco. Luísa criou o clima para isso. Deixou o Marcos esperando um pouquinho a mais do que precisaria e finalmente fez sua entrada. Abriu a porta do banheiro com sua camisola de renda branca, toda arrumada e perfumada. Entrou como uma diva, mas Marcos não estava lá para vê-la, estava acendendo um cigarro na varanda e tomando mais uma taça de champanhe. Luísa ficou lá, pateticamente parada no meio do quarto, olhando para aquela figura com o cigarro em uma das mãos e a bebida na outra.

Ao ouvir a campainha, Marcos entrou imediatamente, passou por Luísa e recebeu as garrafas de uísque do serviço de quarto. Quando finalmente a notou, estourou mais uma champanhe. Encheu duas taças, se aproximou dela sedutoramente e entregou-lhe uma taça. Brindaram e beberam. Ele encheu mais uma. Brindaram novamente e beberam. Até que Marcos, com uma volúpia que ela já tinha vislumbrado na igreja e na limusine, veio para cima de Luísa.

Ele a tomou nos braços e começou a beijá-la agressivamente. Primeiro nos ombros, depois no pescoço. As suas mãos tocaram os seios de Luísa e ela estremeceu. Ele a soltou por uns segundos para encher um copo de uísque e acender lentamente mais um cigarro. Parecia que o sexo com Luísa aconteceria no intervalo entre um gole de bebida e uma tragada no cigarro. E, naquele momento, ela teve uma visão muito clara do seu marido, que em anos de namoro e noivado ela nunca havia tido. Quando ele veio para cima dela sôfrego, suado, cheirando a cigarro e a bebida, ela pensou no que estava fazendo ali. Ele a agarrou com força e a apertou nos braços. E foram palavras tão românticas as que ele disse a ela naquele momento, na noite de núpcias, no meio do quarto daquele hotel cinco estrelas, cheio de flores e frutas, lindo, sofisticado e esplendoroso. Ele disse à sua esposa:

– Agora, vem cá.

E foi beijando e apertando. O primeiro instinto de Luísa foi virar o rosto. E Marcos pareceu surtar de tanta irritação.

– Qual o problema, meu amor? A gente já fez isso tantas vezes.

Finalmente pensou que, se ela estava bancando a difícil para provocá-lo, estava funcionando. Aquilo o deixava com mais tesão ainda.

"Adoro as mulheres que ficam coradas, que são cheias de pudor e de vergonha. São as melhores na cama." E concluiu seus pensamentos, "Saquei seu jogo, Luísa, você quer me deixar em ponto de bala". E sorriu cinicamente.

Luísa não entendeu aquele sorriso, que só a deixou mais nervosa. Não conseguia curtir aquele momento. O casamento era o acontecimento pelo qual ela mais esperou na vida, pelo qual toda mulher mais espera na vida. E de repente ela estava lá, com a camisola de renda, no meio de um quarto luxuoso de um hotel de frente para a praia e queria sair correndo. Queria fugir sem olhar para trás. Luísa tenta se acalmar e pensa: "Deixa de bobagem. É o seu casamento, é o seu marido, é o homem que você ama." Mas quando ela vê o Marcos, suado, enchendo mais um copo, o esvaziando em um só gole e acendendo mais um cigarro, ela teve a certeza de que não iria conseguir.

Manteve o rosto virado enquanto ele beijava seu pescoço e tentava beijá-la na boca, segurando-a com força. Mas ela fechava a boca, não queria beijar aquele homem. Não naquelas condições. Ele ficou mais bravo ainda ao perceber que sua resistência era sincera. Apagou o cigarro com violência e tentou impacientemente beijá-la na boca de novo. Então Luísa balbuciou:

– Calma, meu amor – disse, numa tentativa de aquietá-lo.

Mas ele não queria se acalmar. Ele não queria resolver nada. Até que suas impacientes e brutas carícias transformaram-se em força e mordidas, Luísa soltou um grito quase desesperado:

– Ai! Você está me machucando!

Nesse momento, Marcos parou. Era como se aquele grito o tivesse despertado. Houve uma pequena pausa na luta corporal que estavam travando. Cena de dramalhão mexicano. Foi quando ele disse baixinho, num fio de voz, quase num apelo:

– Meu bem, por favor, é nossa noite de núpcias e eu estou com muito tesão.

– Eu sei, eu sei – respondeu Luísa, sem tentar mover um músculo nem demonstrar qualquer sentimento para que as coisas não piorassem. Ela ficou ali parada, sem dizer nada.

– Eu sou seu marido. Não quero ser clichê, mas tenho meus direitos.

– Você já disse isso no carro e eu achei que era brincadeira.

– Lá, era. Mas aqui... por favor, Luísa. Não vá estragar tudo.

E, dito isso, voltou novamente a agarrá-la com força e a tentar beijá-la. Estava todo suado, quase babando de tão bêbado. A trégua tinha acabado. A educação também, assim como o respeito pelos sentimentos e a civilidade, que foram-se pelo ralo. Luísa empurrou Marcos com toda força e, como ele estava bêbado, caiu na poltrona e, perdendo o equilíbrio, acabou no chão. Foi uma cena patética, aquele homem caído no chão de pernas para o ar.

– Você tá suado, com bafo de bebida e esse gosto insuportável de nicotina na boca. Você tinha me prometido que não ia beber e nem fumar hoje. Eu não vou beijar um cinzeiro!

Mas Marcos não entendeu dessa maneira e o sofrimento se prolongou. Muito irritado, ele encheu mais um copo de uísque e bebeu rapidamente. Aquela cena toda já estava deixando a esposa enjoada. Ele tentou encher mais uma vez o copo, mas o uísque já tinha acabado. Acendeu mais um cigarro, foi até a mesa para abrir a outra garrafa, que calculadamente havia pedido. Nesse momento, Luísa perdeu a paciência de vez. E gritou ainda mais irritada:

– Pra mim já chega! Tô ficando com nojo de você.

– Você não devia ter nojo do seu marido e sim, amor e carinho que, aliás, está em falta, né?

E ela respondeu muito alterada:

– Não vai ter carinho nem beijo nem nada, e ponto final!

– Quando é amor tem que rolar beijo de língua! – disse o Marcos no mesmo tom.

Os dois tinham perdido a calma. Mas quando Marcos disse "amor", a palavra fez com que eles parassem por alguns instantes. Afinal, eles tinham se casado por amor. Era o que movia aquela relação... o amor. Luísa ia dizer tudo isso a ele, resolveria tudo quando Marcos encheu outro copo e acendeu outro cigarro. Luísa não tinha mais dúvidas. Era pura provocação. E ela perdeu a cabeça.

– Eu só vou te dizer mais uma coisa, Marcos: eu não gosto de beijo de língua nesse estado em que você está. A um metro de distância, eu estou sentindo esse seu bafo. Você devia ter vergonha na cara! Já disse e repito: não vou beijar um cinzeiro!

– Porra! Eu gastei uma fortuna nesse hotel para nada, então! Seria melhor se a gente tivesse ido para casa.

Luísa podia sentir a respiração acelerada, o hálito, a frustração. Ele a segurou pelos braços e a imobilizou. Ele ria enlouquecidamente da sua cara de susto, parecia que queria se divertir a qualquer custo. De repente, ela não reconhecia mais o seu marido, aquele cara com quem tinha namorado tornou-se uma pessoa egoísta e insensível que vivia em seu próprio mundo, preocupando-se apenas com seu dinheiro e sua diversão. Seu riso transformou-se em raiva, pois Luísa continuava assustada. Apertou seus punhos para ver sua reação. Seus pulsos doíam, os braços doíam, e aquele hálito de bebida e cigarro, aquele homem...

Luísa ainda tentou virar seu rosto, tentou apagar aquela visão, mas ele a impediu.

– Não vira o rosto. Olhe pra mim.

Ficaram os dois ali, por um bom tempo, se encarando. Por fim, ele disse com certa meiguice:

– Você ainda me ama, Luísa?

– Você duvida?

– Sim ou não? – ele perguntou alterando o tom.

E ela também respondeu com certa violência:

– Quer saber? Quer? Eu adoro você, adoro! Escuta bem o que eu vou te dizer: eu não saberia viver sem você. Eu te amo!

Marcos se rendeu e disse:

– Querida...

E, aproveitando esse momento de amor, Marcos a agarrou, beijou o pescoço, a face e, por fim, sua boca, como queria desde o começo. Sempre com o copo de uísque nas mãos e o cigarro no cinzeiro.

– Agora, meu amor, foi um beijo de verdade.

Luísa estava exausta. Ela queria uma trégua, queria esquecer que aquela noite existiu.

– Marcos, eu vou me deitar. Não tem clima hoje. Você sabe que eu te amo, mas você tá com um cheiro horrível e um bafo pior ainda.

– Pare de implicar comigo. Parece a minha mãe enchendo o meu saco.

E Marcos, claramente para provocar, acendeu mais um cigarro e bebeu mais um copo de uísque.

– Você não consegue parar de beber, Marcos. Pelo amor de Deus! Não tem clima.

Marcos respondeu revoltado e aos berros:

– Não vem com essa que não tem clima. Eu estou no clima.

Luísa nesse momento desistiu de qualquer atitude civilizada. Olhou bem nos olhos de Marcos, deu meia-volta e foi deitar-se na cama. Cobriu-se e fechou os olhos tentando esquecer tudo o que tinha acontecido. Com certeza ela não tinha planejado uma noite assim. Luísa estava vivendo um conto de fadas que tinha virado um filme de terror. Enquanto Marcos saía da varanda e entrava no quarto carregando um copo e um cinzeiro cheios, ela tentava desesperadamente dormir e esquecer.

Mas Marcos não pretendia deixar a história terminar assim. Esvaziou o copo de uísque, apagou o cigarro no cinzeiro cheio de guimbas e partiu para cima de Luísa. Puxou o lençol com violência, num gesto teatral e inconformado.

Luísa reagiu.

– Para com isso, Marcos. Me cobre!

– Tá certo, eu te cubro, mas com uma condição. Tira a calcinha.

Como Luísa não respondia, não se mexia, não esboçava nenhuma reação, ele gritou:

– Tira a calcinha!

– Marcos, eu vou te dar três ideias. Primeiro, você para de fumar e tira esse cinzeiro daqui. Segundo, você para de beber. E terceiro, você vai tomar um banho e escovar os dentes.

Marcos ficou completamente revoltado e furioso. Não tolerava a ideia de ser mandado por uma mulher.

E, se aproximando de Luísa, vai enfiando a mão por baixo da calcinha de renda branca, enquanto beija seu rosto, ofegante.

– Você não gosta desse cheiro de homem? Vamos... eu sei que você gosta.

Mas Luísa só consegue sentir nojo. E, mesmo com repulsa, decide se livrar logo daquela situação. E a única maneira de não despertar sua fúria era aceitar todos os gestos do marido, que rasgava sua camisola branca e tentava possui-la. Ele parecia bem entretido naquela fantasia; então, nem percebeu que Luísa ficou parada como estátua enquanto ele a penetrava, apenas torcendo mentalmente para que aquela noite acabasse logo.

Quando tudo finalmente acabou, Marcos se virou para o lado e dormiu. "Dormiu como um porco cheirando a bebida e cigarro, e babando", pensou ela, com asco do marido. Levantou-se e foi ao banheiro. Precisava tomar um banho. Se sentia suja, estava com nojo de si mesma. Entrou no banheiro e Marcos sequer se mexeu na cama. Claramente não houve nenhum prazer para ela. Muito menos qualquer sinal de orgasmo.

Depois do banho, ela não sabia muito bem o que fazer. Não tinha vontade de se deitar ao lado do marido. Apesar de ter acabado de se casar, sentia uma solidão sufocante. Não queria começar seu casamento brigando, com aquela brutalidade. Ela já estava desculpando Marcos e colocando a culpa na bebida. Resolveu se deitar ao lado do marido. "Amanhã é outro dia", pensou. E adormeceu. Sua última visão antes de cair no sono foi de sua camisola rasgada e os pedaços espalhados pelo chão do quarto.

Estava num local indeterminado, que não conseguia localizar. Havia muita névoa. As imagens não eram nítidas, estavam distorcidas. Aos poucos, conseguiu identificar alguém de costas usando um vestido de noiva. É seu vestido de noiva. Agora, nesse momento como num flash, ela estava de volta ao seu quarto no hotel. A névoa desapareceu e as imagens estavam mais nítidas. Conseguiu identificar a cama, a porta do banheiro, a janela. Essa pessoa que estava usando o seu vestido de noiva perambulava pelo quarto. Luísa tentava ver o rosto do impostor, do ladrão que roubou seu vestido de noiva e tinha a coragem de usá-lo na sua cara. Mas toda vez que se aproximava dessa pessoa, ela fugia, evitando mostrar o rosto. Até que Luísa conseguiu ficar frente a frente com ela. E para sua surpresa é Marcos. Marcos está usando seu vestido de noiva.

Marcos, todo maquiado, com cílios postiços, peruca, e salto alto puxou Luísa suavemente e a beijou. Disse:

– Eu te amo.

E começou a abraçar e beijar seu pescoço, ombros. O corpo todo.

Ela estava surpresa e fascinada. Marcos interrompeu um carinho e disse com convicção:

– Eu mudei! É verdade! Agora sou outro. Eu posso te fazer feliz.

Os dois estavam na cama e Marcos, ainda de salto alto, levantou a saia do vestido de noiva.

Ela estava extasiada, aguardando o que ia acontecer. Marcos afastou a camisola de Luísa e começou suavemente a fazer carícias íntimas... Neste momento, ela acordou num sobressalto, sem ar, com uma angústia em seu peito. Olhou para o lado e Marcos continuava dormindo profundamente ao seu lado. Pensou: “Meu Deus, essa noite não tem fim” e tentou voltar a dormir.

A brisa estava mais intensa e entrava pela janela, balançando a cortina. O cheiro do mar que invadia o quarto ajudava Luísa a se acalmar e finalmente dormir. O merecido descanso.

O DIA SEGUINTE

O sol nascia sobre o mar. A paisagem era afrodisíaca, apaixonante.

A cortina da varanda recebia a primeira luz do dia. Luísa estava deitada, já acordada, tentando se recuperar física e emocionalmente da sua noite de núpcias. Estava tentando superar o trauma, tentando entender o que aconteceu e, mais do que isso, ela estava tentando perdoar. Em seus pensamentos, voltou a culpar a bebida pelas atitudes de Marcos. Mas seu estado era letárgico, apático, dormente. Não se movia. Não ousava se mover. Apenas pensava, pensava em tudo o que aconteceu.

Marcos, ao contrário, estava feliz. Saiu do banheiro cantarolando vestido com um robe de seda curto com formas geométricas que deixava transparecer seu físico privilegiado. Ele mal entrou no quarto e já acendeu seu cigarro. Viu um resto de uísque na garrafa, encheu o copo e bebeu num só gole, como se quisesse prolongar a noite anterior, como se quisesse comemorar sua façanha. Seu rosto e sua atitude eram de um vencedor. Estava satisfeito, sorrindo. Bebeu mais uma dose, acabando com a garrafa, e se aproximou de sua esposa, que estava na mesma posição havia algum tempo. Continuava deitada sem mexer nenhum músculo, sem nenhuma expressão. Sem esboçar nenhum sentimento, apenas imóvel. Marcos, num misto de carinho e agressividade, confessou:

– Estamos casados! Casados! Agora você é minha! Não tem mais história. É minha e acabou!

Marcos olhou a esposa no fundo dos olhos e começou a rir. Ria cada vez mais até que o seu riso estourou numa gargalhada que ecoava na suíte. Aquela gargalhada ecoava mais e mais e tomava conta de tudo. Ecoava em cada canto, em cada móvel, em cada parede, em cada objeto. A gargalhada foi tomando proporções inimagináveis. Era tão insuportável que por causa daquela gargalhada Luísa conseguiu se mexer, conseguiu sair de sua letargia.

– Vou tomar um banho. – "Outro banho", pensou. "Quantos banhos eu terei que tomar pra tirar do meu corpo toda essa sujeira, esse desamor?" Entrou no banheiro, fechando a porta, estancando aquele som medonho.

Luísa se olhou no espelho e não gostou do que viu. Sua fisionomia estava cansada, abatida, chateada. Joga água no rosto e se sente melhor. Vê seu celular desligado e ela pensa em como pôde deixá-lo desligado por tanto tempo. "Também, diante de tudo o que aconteceu, como é que eu ia me lembrar do celular?", justifica-se.

Alguns momentos depois, já estava navegando na internet. Já estava conversando com suas amigas e amigos do Facebook. Mensagens e comentários não pararam de chegar. Como estava ocupada se casando, não viu nenhum.

Sua amiga Mônica escreveu: "Conta. Como foi a noite de núpcias?"

E Luísa rapidamente escreveu: "Um sonho, Mônica, ele é perfeito."

Outra amiga já comentou: "Que lindo o casal de pombinhos. Parecem até um par perfeito de comédia romântica."

E Lena escreveu: "Bota perfeito nisso. Eu ainda não tive a sorte de achar um par, mas agora que peguei seu buquê de noiva, renasceram minhas esperanças." E Lena postou a foto do buquê de Luísa no Facebook, o que a entristeceu pois imediatamente lembrou novamente da noite de núpcias.

Neusinha, uma das amigas que ela também não conhecia, mas com quem conversava muito pelo chat, perguntou mais diretamente em uma mensagem: "E ele, como se comportou?"

Luísa respondeu a mensagem: "Ele foi romântico e carinhoso."

E veio a resposta de Neusinha. "Queremos ver tudo! Pode postar: cama, camisola, banheiro, tudo. Estamos todas curiosas."

Luísa foi até a porta do banheiro e a abriu com todo cuidado. Não queria que Marcos participasse desse momento. Da porta do banheiro, ela viu o marido tomando mais um gole de bebida. Já não estava mais se importando. Ele que fizesse o que quisesse, pensou. Fotografa a cama e a camisola, que está aos pedaços pelo quarto. Posta na internet. As mensagens e os comentários apareceram rápido.

"A camisola ficou aos pedaços, hein, amigaaaaa. A coisa pegou fogo mesmo.", escreveu uma.

"Isso é que é uma verdadeira noite de amor", escreveu outra.

"Sexo, você quer dizer", escreveu Mônica.

"Que loucura boa, né, Luísa?", escreveu Lena.

Todos aqueles comentários fizeram Luísa sorrir. O que ela percebeu foi que nessas horas apenas suas amigas se manifestaram. Seus amigos mantiveram distância dos comentários, talvez por respeito, ou por ficarem sem graça. O fato é que as mulheres expuseram seus pensamentos maliciosos, sem vergonha nenhuma de perguntar o que quer que fosse.

Lena continuou escrevendo: "Guardei seu buquê com todo carinho. Quero que o meu casamento, que a minha primeira noite com o meu príncipe encantado, seja tão especial quanto a sua."

Luísa já nem sabia mais o que escrever para retribuir tanto carinho e curiosidade. Mais curiosidade que carinho, era bem verdade. Para Lena, simplesmente escreveu: "E será."

E Roberta, sua vizinha em Copacabana, escreveu sem o menor constrangimento: "Me empresta esse deus grego do seu marido? Esse Apolo moderno. Rsrsrs"

Luísa resolveu escrever para todos, pois foram mais de 46 comentários e perguntas sobre a noite de núpcias e casamento: "A quem possa interessar: a minha noite de núpcias foi perfeita, o Marcos é um cavalheiro, é lindo, gostoso e eu sou uma mulher plenamente realizada e feliz. Morram de inveja. Hahahahaha"

Os comentários e as mensagens continuaram aparecendo aos montes. Todas as suas amigas que estavam on-line queriam participar da vida íntima do casal. Luísa teria passado o dia ali se divertindo nas redes sociais, quando escutou Marcos gritando lá do quarto:

– Vamos, Luísa! Vai passar o dia todo no banheiro? Estou morrendo de fome. Vamos tomar café da manhã.

E Luísa, resignada, terminou de se arrumar para acompanhar seu marido no primeiro café da manhã que eles tomariam como casados.

LAR, DOCE LAR

A viagem de lua de mel fez Luísa esquecer tudo o que havia se passado naquela fatídica noite de núpcias. Os pombinhos curtiram muito o pequeno tour pela Europa, já estavam de volta ao Rio de Janeiro em uma das poucas casas da Sernambetiba em frente ao mar na Barra da Tijuca. Luísa e Marcos estavam passando seus primeiros dias em seu novo lar em um condomínio luxuoso. Um belo jardim com uma bela piscina. A sala tinha três ambientes, extremamente espaçosos, de portas envidraçadas. A decoração era requintada, feita por um dos melhores e mais renomados decoradores do Rio de Janeiro. Os móveis eram de uma mistura do novo com o antigo. Uma peça muito moderna ao lado de uma mais antiga. Encostado à parede, um piano de cauda. Marcos fez questão de comprá-lo para Luísa, que havia muito não tocava uma peça de música. Mesmo assim, o piano estava lá, decorando a sala, à espera de alguém que o usasse. No terceiro ambiente da sala: uma biblioteca de dois andares com estantes repletas de livros, CDs, DVDs, Blu-ray, jogos de video game e tudo mais que a tecnologia podia oferecer. Numa mesa, em frente a estante de livros, havia dois laptops. Uma TV 3D de proporções descomunais ocupava o centro daquela biblioteca.

Três quartos e mais a suíte do casal ficavam no andar de cima. A suíte era especial. Espaçosa, com a cama ocupando o centro do quarto. Espaço, muito espaço era o que tinha aquela casa. E a varanda da suíte tinha uma vista perfeita, estratégica.

A varanda era o lugar preferido de Luísa. Ela adorava se enrolar no lençol e ficar debruçada na varanda olhando o mar. Olhar perdido naquela imensidão de água. Luísa sabia desfrutar desse momento. No jardim, Mel, a cocker spaniel caramelo, xodó de Luísa, tomava sol ao lado da piscina.

Nas primeiras semanas tudo correu bem. Luísa aproveitava a maior parte do dia na piscina, lendo. Os empregados se acostumaram a preparar o café da manhã na varanda, porque era o primeiro lugar aonde Luísa ia assim que acordava.

Naquela manhã, Luísa chegou à cozinha para verificar o andamento do café e encontrou Marcos falando ao telefone.

– Estarei a sua espera, deputado Talarico. Tenho certeza de que faremos negócio. Como sempre. – Marcos desligou o celular e falou para Luísa: – Que pena. Não vai dar tempo de tomar café com você. Ah, e não me espere pra jantar.

– Por que não?

– Negócios, meu amor.

– Você quase não janta mais em casa, Marcos.

– Bom, alguém tem que trabalhar pra bancar esse luxo. Aproveite seu dia, amor.

Dito isso, Marcos deu um beijo em Luísa e saiu. Ela mais uma vez teria que tomar café da manhã sozinha. Uma das empregadas, fingindo que nada estava acontecendo, que tudo estava em perfeita harmonia, informou:

– O café está pronto, dona Luísa.

– Leve uma xícara de café preto para o meu quarto, Fátima. Perdi a fome.

E Luísa se retirou para seu quarto. Os empregados comentavam que o casamento dos recém-casados não ia tão bem como eles tentavam aparentar.

Luísa tomou seu café de frente para o computador, conversando com sua amiga Mônica, que escreveu: "Preciso visitar sua casa. Quero conhecer cada cômodo dessa mansão."

Luísa respondeu: "É linda. Você vai ficar apaixonada."

E na tela, apareceu mais um comentário de Mônica: "Fico feliz que as coisas estejam dando certo. O Marcos é maravilhoso. Lindo, rico, charmoso e apaixonado. Você tirou a sorte grande, minha amiga."

E Luísa digitou sua resposta, sem contar a verdade: "Eu não poderia estar mais feliz."

Luísa não estava feliz de verdade. Ela queria estar. Fazia força para achar que o comportamento de Marcos era normal, que o casamento era daquela maneira. Mas no fundo ela sabia que não, que as coisas poderiam e deveriam ser diferentes. Será que realmente um casamento começa a acabar no dia em que ele começa? Será que é impossível viver a dois? E começaram as perguntas de ordem mais práticas: "Por que ele não para em casa?", pensou. "Será que ele tem outra?", pensou novamente.

– Só pode ser. Só pode ser – disse Luísa sozinha em seu quarto num grito de desabafo. Seu grito chamou a atenção da empregada que estava entrando para pegar de volta a xícara de café.

– Posso ajudar em alguma coisa, dona Luísa?

– Tá tudo bem, Fátima. Pode levar a xícara.

A cabeça de Luísa não parava. E, se Marcos quase não parava em casa, é porque tinha coelho neste mato... Ou quem sabe coelha.

A VISITA DA SOGRA

A sogra, dona Joana, nunca gostou da nora. E, na verdade, não era nada pessoal. Dona Joana era uma autêntica perua de Ipanema, uma mulher de mais ou menos cinquenta anos, muito maquiada, com roupas exuberantes que sempre chamavam a atenção, sapato de salto em praticamente todas as situações e falsa loira, como não poderia deixar de ser. Não gostaria de nenhuma mulher que se aproximasse do Marcos, seu filhinho amado. Mais do que isso, ela possuía um amor exacerbado pelo filho. Um amor imenso, um amor desmedido, um amor colossal, descomunal, excessivo, incomensurável. Definitivamente, Joana era apaixonada pelo filho. Esse amor enorme sufocaria qualquer um. Mas não Marcos, que adorava ser amado pela mãe. Amado, cuidado e paparicado. E ele acabava, consciente ou inconscientemente, alimentando esse amor. Sabia que tinha em Joana além de mãe, uma amiga, uma confidente, uma cúmplice para todos os atos de sua vida, fossem eles quais fossem, legais ou ilegais. Era muito confortável para Marcos aquela situação e Luísa teria que se adaptar.

Para a nora não foi fácil. Ela teve que enfrentar muitas situações constrangedoras e desagradáveis durante o namoro e o noivado. Joana estava presente em todos os momentos. Se metia, dava palpites, conselhos e fazia tudo isso com uma agressividade velada, escondida, sufocada.

– Meu filho é um príncipe, um santo e precisa de todas as atenções voltadas para ele – não se cansava de dizer.

Luísa, no começo do namoro, ria daquelas colocações da sogra. Ela realmente achava que era algum tipo de brincadeira, algum tipo de gozação da mãe do namorado. Afinal, passou a época em que a mulher deveria ser submissa ao homem. Imagina-se que o mundo tenha evoluído, ou não? Entretanto, aos poucos, foi percebendo que não se tratava de nenhuma brincadeira. Que a sogra falava sério e o riso de Luísa transformou-se em desgosto.

Outra coisa que Luísa sentia, mas que nunca pôde provar ou comprovar, era a sensação de estar sendo vigiada. Ela podia jurar que a sogra às vezes a seguia para saber se ela estava onde dizia estar. Na saída da academia, no shopping com as amigas. De fato, nunca tinha visto Joana, mas sabia que ela estava lá. Atrás de uma coluna, sentada dentro de seu carro, atrás de uma árvore. E não adiantava falar com Marcos. Ele sempre desculpava a mãe.

A sogra sempre tinha alguma coisa para falar para Luísa sobre como Marcos deveria ser cuidado.

– Marcos é um menino criado com tudo o que há de melhor. Não vá levá-lo para comer porcarias por aí, Luísa.

– Ele não é um menino, Joana, ele é um homem e escolhe as suas próprias refeições – respondia Luísa numa tentativa de se impor.

– Você precisa apoiar todas as decisões do Marcos, Luísa – ela não cansava de repetir. – Ele é o homem da relação. Ele é quem manda. E você sabe muito bem que se quiser ser feliz deve obedecer.

E Luísa pensava: "Em que século esta mulher vive?", mas se calava tentando evitar conflitos.

Mas os maiores problemas começaram quando o casamento foi marcado e a data se aproximava. Era inevitável para Joana a perda do filho e ela começou a se descontrolar mostrando o seu pior lado. Um dia, Luísa sem querer escutou uma conversa de Joana com Marcos. Mãe e filho trocavam confidências.

– Você tem certeza que essa moça é fiel, meu filho? Eu tenho tantas dúvidas...

– Mas é claro, mamãe. Jamais me casaria com uma mulher que poderia ter a ousadia de me pôr um chifre.

– Veja lá, as com cara de santa são as piores. As que bancam a sonsa são as dissimuladas. E as que falam manso são as que mais traem. Cuidado com as mulheres, meu filho...

– Está tudo sob controle, mãe. Não se preocupe. Pode ficar calma, mamãe. Eu sou mais eu. Mesmo!

– Não sei pra que casar. Pra quê? Ninguém mais casa hoje em dia. Essa moça me parece meio safada. Eu tenho uma intuição horrível de que ela vai te fazer sofrer muito.

– Pode deixar que eu sei me cuidar, mamãe. Tá pra nascer a mulher que vai me trair.

Luísa por pouco não havia desistido de tudo naquele momento. Parecia que se casaria com a sogra, que ainda tinha a audácia de chamá-la de "safada". Mas Luísa achou que o amor que ela sentia por Marcos poderia superar todos esses obstáculos e que Joana acabaria aceitando-a como nora.

Mas as coisas só pioraram. Quando Marcos, a poucos dias do casamento, já levara a maior parte de suas coisas para a casa na Barra, Joana passava pelo quarto do filho, que ela deixou intocado, sem tirar nem mesmo uma peça do lugar ou acrescentar outra, e chorava. Caía no pranto todas as vezes que passava pelo corredor de seu apartamento e abria a porta do quarto do filho tão amado. Marcos não estaria mais lá e ela chorava. Chorava e culpava Luísa por ter lhe arrancado o filho.

Os dois casaram e a única coisa que Joana pôde fazer foi derramar lágrimas e mais lágrimas na cerimônia de casamento e pensar confiante: "Esse casamento não vai dar certo. Coitado do meu filho. Vai sofrer como um cão na mão dessa mulher que não serve pra ele. Mas quando o inevitável acontecer, eu estarei ao lado dele para ampará-lo na queda." E chorava mais. Chorou tanto que incomodou todos os convidados das primeiras filas e os que estavam no altar com ela. Jonas e Cristina, os pais da noiva, não entenderam aquela choradeira. Ou Joana era muito emotiva e não conseguia se controlar, ou ela estava de fato triste, ao contrário dos pais de Luísa que estavam muito felizes com o casamento da filha.

Naquele dia, mal Joana chegou à casa da Barra e já foi dando ordens para Fátima.

– Fátima, eu não sei o que a Luísa manda você fazer, mas, a última vez que encontrei com o Marcos, a camisa que ele estava usando era uma vergonha de tão amassada. Mande a passadeira caprichar.

– Claro, dona Joana.

– E mais uma coisa, Fátima, a arrumadeira não tem tirado o pó dos móveis como se deve. Basta passar o dedo em qualquer um desses móveis pra ver o estado deplorável de tudo. E tem mais. Essa casa está parecendo uma sucursal da praia. Tem areia em todos os cantos.

E Luísa entrou na sala no exato momento em que Joana estava se sentindo a dona da casa.

– Pode ir, Fátima.

Nem bem Fátima saiu da sala, Luísa deixou claro quem manda.

– Dona Joana, dê ordens na sua casa. Na minha, mando eu.

– Você não está cuidando como se deve do meu filho, Luísa. Isso é tão claro que chega a arder nos olhos. Eu criei muito bem meu filho, que é um garoto santo. E devo dizer a você que exijo dedicação total a ele.

– Olha, eu vou pra piscina. Não vou perder meu tempo com você e suas besteiras e complexos de mãe mal resolvida.

Luísa deixou Joana sozinha na casa por uns momentos. Não aguentava aquela mulher falando o tempo todo do santo que era o filho, como ela não cansava de repetir. E quando Luísa reclamava para Marcos dizendo que Joana era exagerada, ele sempre defendia a mãe.

– Meu amor, qual mãe não tem esse amor pelo filho? Principalmente sendo filho homem. Não faça tempestade em copo d'água.

Era nisso que Luísa estava pensando à beira da piscina quando Fátima chegou correndo, com os dois olhos esbugalhados, com a cara assustada.

– Dona Luísa, a dona Joana tá lá no quarto de vocês. Abriu os armários e tá cheirando a roupa do seu Marcos.

– Mas era só o que me faltava.

E Luísa foi em direção à suíte.

Luísa já achava muito estranha a atitude de Joana em relação ao Marcos, mas ficar cheirando a roupa já passava de todos os limites.

– Posso saber o que significa isso, Joana? – gritou Luísa.

– Nada. Estou matando a saudade do meu filho – respondeu tranquilamente Joana, como se a sua atitude fosse a coisa mais natural do mundo.

– Você estava revirando as minhas coisas. Mas o que é isso? Tá cheirando a minha roupa também? Ou você está me vigiando? Tá procurando o que, Joana?

– Eu estou fazendo o meu trabalho, que é de proteger o meu menino. Sabe, Luísa, eu às vezes fico muito preocupada com tudo e chego a desconfiar de sua fidelidade.

– Um momento. Agora eu estou entendendo, você tava procurando alguma coisa que provasse a minha infidelidade. Mas não tem o menor cabimento. Se tem alguém que tem que desconfiar de alguma coisa, esse alguém sou eu.

– Você está insinuando que o Marcos... Limpe a sua boca pra falar do meu filho, sua dissimulada. O Marcos é um filho sem defeitos.

– Meu Deus, você precisa de um psiquiatra. Esse amor não é normal.

– É normal, sim. Mais que normal! Eu amo o meu Marquinhos. E ele merecia uma mulher santa como ele. Você maltrata o meu filho.

– Eu?

– Olha o estado dessa casa. Que desleixo! Isso é falta de respeito com um homem que trabalha dia e noite para te dar do bom e do melhor.

Luísa estava a ponto de explodir. Aliás, várias vezes ela esteve a ponto de explodir com Joana. Esses insultos velados já aconteciam no namoro e aumentaram no noivado, mas quando o casamento parecia inevitável, Joana já não disfarçava mais. Mas, depois de casados, a coisa pegou fogo. Via-se que Joana estava desesperada com a perda do filho. Via-se que ela não sabia mais o que fazer para superar aquela perda. A verdade é que dona Joana não superou e descontava a sua frustração na nora. Descontava todo o seu fracasso, toda a sua infelicidade na vida de Luísa.

– Eu não tenho que ouvir desaforo na minha casa, Joana. Você sempre foi bem-vinda aqui, mas não posso admitir que você me ofenda.

– Bem-vinda? Como eu disse, você é uma mulher dissimulada, falsa, safada. E um dia eu vou desmascarar você, Luísa. Eu vou provar tudo ao meu filho. E sabe do lado de quem ele vai ficar? Do meu. Do meu, porque amo ele de verdade. Ele vai ficar do lado do verdadeiro amor.

Luísa finalmente explode. Bota o dedo na cara de Joana. Enfrenta a sogra como ela já deveria ter enfrentado há muito tempo.

– Vá se tratar, dona Joana!

– Não me chame de "dona".

– A senhora sabe que eu a chamo de dona por respeito a sua idade. E fique sabendo também que eu não tenho nada a esconder. Jamais serei hipócrita como você, que vive debaixo das barbas do marido e atormentando com falsos cuidados o seu filho. O que eu sinto por você é pena.

– Mas é muito atrevimento...

– Se você chama isso de atrevimento, então eu vou ser mais atrevida ainda. Daqui a pouco, daqui a pouquinho, nós vamos saber quem é safado nessa casa, e certamente não sou eu. Você não perde por esperar.

– Você está me ameaçando! A que ponto chegamos!

– Nós já passamos do ponto, sua velha abusada e insuportável.

– O Marcos vai ficar sabendo como a mãe dele foi tratada.

– Vai mesmo, porque eu vou contar. E eu não sei o que você ainda está fazendo aqui na minha casa.

Luísa virou as costas e saiu digna, não sem antes pedir que Fátima acompanhasse Joana até a porta de saída. Para Luísa, era a prova de fogo. Marcos teria que ficar ao lado dela. Onde já se viu uma mãe vir cheirar as roupas do filho casado? Onde já se viu a sogra destratar a nora dessa maneira chamando-a de safada sem motivo algum? Sim, porque Luísa nunca deu razão para qualquer tipo de desconfiança. Sempre foi fiel. Mesmo quando eles se conheceram, quando eles só estavam ficando, era fiel. E agora essa mulher frustrada, mal amada, despeitada vem lhe ofender dessa maneira? Ela não poderia admitir.

Luísa levou algum tempo pensando se falava ou não com Marcos. Foi até o jardim, brincou um pouco com Mel, voltou para a sala e não parava de pensar. Seria bom falar pelo telefone ou seria melhor esperar o marido chegar em casa e falar cara a cara? Essa indecisão a estava deixando angustiada. "Vou falar com ele agora mesmo", pensou. Sabia que a sogra iria contar o fato totalmente distorcido, iria fantasiar, inventar só para prejudicá-la. É claro que mudaria tudo...

Luísa, depois de se decidir, depois de ter absoluta certeza do que deveria fazer, imediatamente pegou o celular e ligou para Marcos. Caixa postal. "Ele deve estar em reunião", pensou. Mas ela não conseguiria esperar até a noite para conversar com ele, não depois de ver todo o quadro na sua frente: Joana telefonando ou chegando ao escritório do filho se fazendo de vítima. Luísa pegou seu computador, sentou-se à frente dele e começou a escrever um e-mail para o marido contando tudo o que havia acontecido. Enviou. Espera. Espera. Espera. Desistiu. "Ele não vai responder", pensou. Depois repensou: "Não, ele vai responder". Espera. Espera. Espera. Finalmente veio a resposta: "Você precisa ter paciência com a minha mãe." Luísa desistiu.

AMIGOS DO FACEBOOK NA MADRUGADA

Marcos dormia tranquilamente, mas para Luísa não havia como pegar no sono. Virava-se na cama de um lado para outro. Abria e fechava os olhos. Ia ao banheiro, voltava. Ajeitava o travesseiro. E nada. O sono não vinha. Estava nervosa, irritada, claramente atormentada com a discussão que teve com a sogra. Dessa vez Joana havia extrapolado e Marcos ainda pedia que tivesse paciência com a mãe? "É pra tirar o sono de qualquer um", pensava Luísa lutando para relaxar e não passar a noite olhando para o teto de seu quarto. Mas ela sabia que a guerra com a sogra não havia terminado, ao contrário, estava apenas começando. Tinha sido a primeira vez que Luísa realmente havia enfrentado Joana, e a sogra não deixaria isso barato. Ela iria fazer a cabeça de Marcos contra Luísa. A pergunta é: será que Marcos vai se deixar sucumbir pelas maledicências da mãe e isso atrapalhará o casamento deles, que já não andava bem? A ideia da sogra atrapalhar tudo ainda mais martelava na sua cabeça. Sabia que Joana era capaz de tudo. Muitas vezes, a falta de caráter poderia decidir tudo. Enquanto os homens de bem estão pensando em como agir, o canalha age. E isso estava tirando o sono de Luísa. Pensou em tomar um remédio para dormir. Chegou a pegar no remédio, mas desistiu. Teve uma ideia melhor.

Sem querer acordar o marido, Luísa se levantou, pegou seu laptop e foi até seu lugar predileto da casa: a varanda. A brisa que vinha do mar era agradável e a fazia se sentir muito bem. Ela sempre gostou de ver o mar, sempre se sentiu fascinada diante dele, diante de sua imensidão. Mais do que isso, o mar funcionava como um calmante para suas tormentas interiores, uma energia positiva que emanava das águas, do movimento das ondas, do sal que invadia a atmosfera. Era uma bênção, a certeza da existência de Deus. Todo esse cenário acalmava Luísa. No jardim, perto da piscina, Mel dormia o sono dos justos. Nenhum barulho, nenhum ruído. A paz reinava naquele condomínio e Luísa percebeu que era uma pessoa privilegiada por viver em um lugar tão agradável.

Já não estava tão agoniada. Toda aquela natureza acalmava a angústia de seu peito. Luísa tirou uma foto da lua cheia sobre o mar. "Outro privilégio da minha vida. Poder ver aquele mar todos os dias, praticamente entrando aqui na minha casa."

Postou a foto no Facebook e entrou em sua página. Parecia que muitas pessoas estavam sem sono naquele dia e o computador parecia ser seu grande companheiro, ou talvez sua grande esperança de se comunicar e estar presente no mundo sem sair de casa. Nem bem a foto chegou à página de Luísa e vários comentários começaram a aparecer. "Que linda", "Também quero essa lua", "Que vista memorável". Eram comentários que não diziam nada, mas que a deixavam de certa forma feliz por ver que as pessoas se importavam e compartilhavam o que ela achava bonito, e achavam importante o que ela postava em sua página a ponto de comentarem. "Não há nada mais triste do que postar qualquer foto, comentário e não ter nenhuma resposta, nenhum comentário de volta", pensava sempre. "É como se ninguém ligasse pra você." Felizmente, isso não acontecia a Luísa que tinha mais de mil amigos. Alguém sempre estaria ali, lendo o que ela escreveu, comentando sua foto ou dando uma cutucada para mostrar a Luísa que ela foi lembrada.

Deu mais uma olhada para seu marido dormindo espalhado na cama e decidiu continuar no computador.

A primeira coisa que chamou a sua atenção é que postaram um aviso, uma propaganda do show do Martinho da Vila que estrearia na cidade. Era o lançamento do novo CD, o que a deixou bastante interessada. Decidiu convidar o marido. "Quem sabe um programinha romântico desmanchasse aquele mal-estar deixado por Joana entre eles? É incrível como a energia negativa da sogra contaminava tudo", pensou. Até a casa que sempre teve um astral tão legal estava carregada. Carregada a ponto de tirar o sono de Luísa, que sempre foi muito sensitiva.

Depois de ter sido convidada para participar de vários jogos e não se interessar por nenhum, Luísa começou a ler suas mensagens. Mônica queria notícias. Escreveu sobre a visita da sogra. E Mônica rapidamente respondeu:

"Como você fez para lidar com a bruxa?"

Luísa sorriu e escreveu: "Tivemos uma briga horrível e praticamente a expulsei de casa."

"Bravo, Luísa. É assim que se faz."

Luísa novamente sorriu e respondeu: "Não vou tolerar desaforos na minha casa."

Mônica continuou o assunto: "E o Marcos?"

Nesse momento, Luísa voltou à realidade e seu rosto se tornou sombrio. Mas escreveu para Mônica: "Ele ficou do meu lado, como sempre. Não poderia existir marido melhor."

“Não me canso de repetir que você tirou a sorte grande, Luísa”, Mônica cncluiu.

Luísa continuou conversando com seus amigos. O que ela não sabia é que, a cerca de 25 metros dali, na varanda do segundo andar da casa ao lado, Gaspar, seu vizinho, a observava.

GASPAR E GINA: OS VIZINHOS

A vida em condomínio pode ser um paraíso ou um verdadeiro inferno dependendo da vizinhança. Um bom vizinho sempre pode ser útil em uma hora de necessidade ou para um papo no meio da tarde, sem nunca se envolver na vida do outro. Ou pode ser um desgraçado que te atormenta, reclama, implica e que te faz ter vontade de matar ou morrer.

Luísa e Marcos se mudaram havia pouco e ainda não tinha dado tempo de conhecer nenhum dos seus vizinhos, nem mesmo os mais próximos, o casal Gaspar e Gina. Marcos passava a maior parte do tempo fora de casa e Luísa ainda se ocupava em arrumar a casa, em deixar tudo como o jovem casal gostaria para esse começo de vida a dois.

Porém Luísa, sem saber, chamou a atenção de Gaspar desde o dia da mudança depois da lua de mel. E, desde então, sempre que estava em casa, Gaspar procurava lugares estratégicos para poder ficar observando a vizinha: seu andar, seu jeito, suas curvas e, se tivesse sorte, flagraria um pouco de sua intimidade.

Ela não tinha ideia de que estava sendo observada pelo vizinho, mas Gina, mulher de Gaspar, já havia percebido. E pensava, buscando enganar-se, que Luísa era quem provocava seu esposo.

A casa de Gaspar e Gina também era muito bonita, luxuosa e clássica, de muito bom gosto. Os vizinhos também não estavam casados há muito tempo, apenas cinco anos. E durante todo esse tempo, Gina desconfiava da fidelidade de Gaspar, mas nunca pôde comprovar suas suspeitas. Se eram apenas suspeitas sem nenhum fundamento ou se ele conseguia apagar seu rastro, como um canalha que praticava o adultério de maneira impecável, ela não sabia. Esses pensamentos assolavam Gina, que permanecia sempre alerta quando o assunto era seu marido.

Da varanda do segundo andar da casa de Gaspar, havia uma vista linda do mar da Barra da Tijuca, mas também uma visão da casa de Luísa. E era na varanda do segundo andar, acompanhando seus passos, onde Gaspar ficava boa parte do tempo quando estava em casa. O que ele não sabia é que Gina observava todos os seus movimentos do jardim, enquanto aparava as plantas. Luísa era vigiada por Gaspar que era vigiado por Gina. E, então, estabelecia-se o triângulo, o perigo para qualquer relacionamento, pois alguém sempre sai machucado.

Nesse dia, quando Luísa acabou de tomar seu café da manhã e foi para a sala a fim de estar um pouco com Marcos antes que ele fosse para o escritório, encontrou-o já com seu celular grudado no ouvido.

– Nem bem o dia raiou, nem bem o galo cantou, como diria a minha avó, e você já tá grudado nesse celular, meu amor?

Marcos faz um gesto para que ela não atrapalhasse a conversa dele.

– A gente não conversa mais, Marcos. Que droga!

Luísa estava realmente chateada. Mais do que isso, estava entediada. Num gesto quase infantil, pegou o controle remoto e ligou o rádio colocando a música altíssima, o que obrigou Marcos a pegar o controle para abaixar a música.

– Pelo menos assim você teve que prestar atenção em mim – disse Luísa magoada e chamou Mel para brincar com sua bola cor de laranja no jardim. Marcos continuou no telefone. Tinha negócios importantes com seu amigo deputado.

Luísa nem se despediu de Marcos. Na verdade, nem viu o marido sair para o trabalho. "Me despedir pra quê?" pensou. "Ele não desgruda daquele deputado. Conversam o dia todo." Realmente, Luísa nunca tinha ido com a cara do deputado Talarico de Castro. E, agora, ia menos ainda.

Gaspar viu Luísa saindo para brincar no jardim com sua cachorrinha, ela sem ter a menor ideia de que estava sendo observada. Mais do que isso, estava sendo desejada pelo vizinho que não conseguia tirar os olhos da moça, numa atitude quase obsessiva. Gina também não parava de espiar o marido do jardim.

Quanto mais Luísa brincava com Mel, mais Gaspar ia ficando excitado. Seus movimentos eram para ele um balé erótico. Luísa corria, se abaixava sorrindo para pegar a bolinha, deixando aparecer suas pernas, atirava a bola longe deixando transparecer seu decote, uma visão rápida e parcial de seus seios. Seus ombros, seu pescoço. Gaspar quase que podia ouvir a respiração de Luísa, quase conseguia sentir seu suor, ver sua calcinha. Gaspar não conseguia mais se segurar. Estava tão excitado que, se não se masturbasse ali, naquele momento, era capaz de explodir. Tudo isso acontecia sob os olhares atentos de Gina, que não deixou escapar nada, nenhum movimento do marido. Ele ficava mais e mais excitado à medida que a bolinha de Mel era jogada de um lado do quintal para o outro, à medida que Luísa corria, abaixava e levantava para pegá-la e se movimentava para jogá-la. Quanto erotismo numa brincadeira inocente. "Que coisa linda", pensava Gaspar enquanto respirava cada vez mais rápido, começava a ofegar, a suar. Estava prestes a gozar, não tinha a menor dúvida. Luísa, de repente, se deu conta do que estava acontecendo. Talvez por causa dos gemidos de Gaspar que ele tentava esconder, mas que acabaram escapando ao seu controle. Ela não tinha muita certeza ainda, achava absurdo que o vizinho pudesse estar se masturbando enquanto olhava para ela e rapidamente entrou em casa. A curiosidade, porém, de saber exatamente o que estava acontecendo, de saber se aquela situação bizarra era verdade e não só fruto de uma rápida impressão ou de sua imaginação, fez com que Luísa se escondesse atrás de uma janela, abaixasse as persianas e ficasse observando Gaspar.

Começou então uma verdadeira perseguição de gato e rato. Gaspar tentava localizar Luísa, mas não conseguia. Enquanto Gaspar se movia em sua casa tentando encontrar um ângulo, uma visão da vizinha, ela também se movia dentro de sua casa tentando localizá-lo. Gina fazia o mesmo tentando descobrir onde estava o marido e onde estava a "vagabunda da vizinha", como gostava de pensar e de se referir à Luísa. Gaspar foi até outra varanda que pertencia ao quarto de hóspedes. Luísa mudou de janela na sala de estar, abaixou a persiana também para que não a vissem, mas seus olhos não desgrudavam do segundo andar da casa do vizinho. Fátima entrou na sala e estranhou a casa com as cortinas fechadas.

– Precisa de alguma coisa, dona Luísa? O sol tá incomodando a senhora? Eu posso fechar o resto da casa.

– Não se incomode comigo, Fátima. Vá cuidar do seu serviço na cozinha.

Fátima saiu estranhando aquela situação, mas como era uma empregada competente, não teceu nenhum comentário, não deu nenhum palpite. Limitou-se a obedecer a patroa. Luísa perdeu Gaspar de vista e começou a procurá-lo novamente, de janela em janela, de porta em porta. E Gaspar fez o mesmo na casa vizinha. Até que ele, num ato quase desesperado, foi até o jardim e tentou localizar Luísa de lá. Não conseguiu. Ela estava em um canto de sua casa tentando localizá-lo, mas ele estava em outro canto de sua casa tentando localizá-la. Eles se perderam. Gaspar resolveu voltar para o seu quarto, para a varanda do segundo andar, onde tinha uma visão quase completa da casa de Luísa.

Luísa também não viu mais Gaspar e Mel estava com a bolinha na boca pedindo para brincar. Ela ainda percorreu com os olhos a casa vizinha para ver se a sua impressão de que estava sendo observada era verdadeira. Não viu ninguém e resolveu continuar a brincar com Mel no jardim.

Na casa ao lado, Gaspar abria as cortinas da janela do seu quarto que dava para a varanda com todo cuidado para ver se encontrava novamente Luísa. Ficou extasiado ao vê-la brincando de bolinha com sua cachorra. Mas, nesse momento, Gina voltava ao jardim para observar o marido e, dessa vez, a mulher resolveu que não deixaria barato. Ela o viu olhando a vizinha através da fresta da cortina. "A vagabunda da vizinha voltou", pensou Gina. E ela estava certa. Largou o que estava fazendo e entrou na casa decidida a pegar o marido no flagra.

Como num filme de suspense, Gina atravessou a sala sem fazer nenhum barulho e chegou ao pé da escada. Começou a subir lentamente indo em direção ao quarto onde estava Gaspar.

Gaspar continuou olhando Luísa. Não adiantava: estava fissurado, obsessivo em relação à vizinha. Enquanto ficava pensando em como levar Luísa para cama, como se aproximar dela, quem estava muito próximo de entrar no quarto era a esposa, a mulher que se sentia desprestigiada, humilhada, traída em sua própria casa. Gaspar continuava com seu olhar fixo em Luísa que brincava com Mel. Gina abriu a porta e já foi falando alto:

– Olha aqui, seu galinha de merda! Para de paquerar a exibicionista. A vagabunda metida a santa que fica mostrando aquele rabo o tempo todo. Tá sempre pegando aquela bolinha só pra mostrar aquele rabo.

Gina gritou tanto que Luísa em seu jardim não pôde deixar de ouvir. Por alguns segundos, pensou em retrucar: "Vagabunda, exibicionista é a puta da sua mãe", mas desistiu. Apenas olhou com desprezo para o casal Gaspar e Gina que discutia na janela e voltou para dentro de sua casa.

SHOW DO MARTINHO

Marcos topou na hora ir ao show do Martinho. Ela até estranhou tanto entusiasmo, porque nesses últimos tempos o que mais Marcos gostava de dizer quando ela lhe propunha um programa era:

– Tô cansado, Luísa. Se você trabalhasse metade do que eu trabalho, se tivesse metade das complicações e preocupações que eu tenho, nem teria a coragem de sequer pensar em colocar os pés pra fora de casa. Tudo o que eu quero é um banho quente e cama.

Mas naquele dia, não. O discurso de Marcos era outro:

– Acho ótimo, meu amor. Podemos inclusive convidar o Zeca e a Dora.

– O Zeca e a Dora? De onde você desenterrou os dois? Eles não deram um telefonema sequer desde o casamento.

– Cruzei com a Dora dia desses no café perto do escritório. Ela te mandou lembranças. Esqueci de te contar.

– Se você acha legal convidar os dois, convida.

– Um programinha a quatro. Dois casais. Acho que vai ser muito bom. Você compra os ingressos que eu convido nossos amigos.

"Que bom que as coisas se resolveram facilmente", pensou Luísa. Ela achou que seria uma batalha, uma verdadeira guerra tirá-lo de casa. "Ah, esse meu marido, sempre me surpreendendo", sorriu com esse pensamento. Um sorriso infantil, maroto, mas com certo ar de indecência, de malícia e de desejo. Diante da disponibilidade e boa vontade de Marcos, Luísa planejou toda a noite na sua cabeça. Iriam ao show, jantariam acompanhados de um casal de amigos, na volta para casa já se agarrariam no carro, e quem sabe até mesmo passariam das preliminares, champanhe e uma noite de amor memorável. Se a noite saísse como ela estava planejando, e ela tinha certeza de que assim seria, quando os dois chegassem em casa. O restante da noite seria como havia muito tempo não era.

Resolveu ir direto à bilheteria, porque tanto pela internet quanto pelo telefone estava impossível de comprar. O site travava a todo momento, o telefone tinha uma espera de quase quarenta minutos e a ligação caía constantemente enquanto ela esperava por um atendente. Não iria arriscar ficar sem os ingressos. Pegou seu carro e partiu direto para a casa de shows. Conseguiu uma ótima mesa.

Já que a ocasião estava se tornando tão especial, antes de voltar para casa, Luísa resolveu passar no shopping e comprar um vestido novo. Um vestido bem sexy. "Vermelho ou preto? Vermelho ou preto? O que causa mais sensação? O que excita mais um homem?", ela não conseguia se decidir. "Vermelho e preto. Pronto! Resolve-se o problema." E partiu para sua empreitada, loja após loja, provador após provador até encontrar o vestido perfeito para a ocasião.

O vestido era extremamente sensual. Decote em "v" sem mostrar os seios, mas deixando o colo bem exposto. Nas costas, um decote profundo, que descia quase até o cóccix. Era justo, para mostrar suas belas curvas, e com um rasgo em um dos lados que deixava a perna praticamente à mostra.

Luísa, de braços dados com Marcos, chamava a atenção por onde passava. E Marcos, diante daquela mulher deslumbrante, teve que lhe tecer um elogio.

– Você tá um tesão, meu amor. Por mim, te comia aqui e agora.

– Guarda esse tesão, mas não apaga, porque a noite é uma criança e promete, meu amor – disse Luísa, feliz da vida.

Na porta da casa de shows, Luísa tirou uma foto do cartaz do espetáculo. Antes que ela conseguisse postar na internet, encontraram seus amigos. Dora era uma mulher muito bonita, muito elegante. Loira, alta, sexy, inteligente, bem-humorada, mulher de tiradas muito rápidas. Ela sempre tinha uma resposta inteligente para dar, uma piada para contar, um comentário divertido. Não passava despercebida em nenhum lugar que frequentasse. Era uma mulher de atitude. Ela também estava vestida de um jeito muito sensual: calça apertada também mostrando as belas curvas e formas, blusa tipo frente única cheia de brilhos e detalhes, mas que deixavam à mostra seus ombros perfeitamente definidos de horas e horas de musculação. Um xale dava o toque final, acompanhado de uma sandália com um salto muito, muito alto. Entraram na casa de shows, sentando-se na mesa bem em frente ao palco. Estavam cara a cara com o artista. "Essa será uma noite inesquecível", pensou Luísa e sorriu para tudo e para todos enquanto se ajeitavam à mesa e esperavam o garçom.

O show estava lotado. Mulheres e homens de todas as idades. Casais, turmas de amigos, famílias. Luísa imediatamente começou a tirar fotos. Foto da mesa, da plateia, do palco e postou tudo no Facebook.

"Amigas e amigos, olhem onde eu estou! Pronta para assistir ao Martinho da Vila! Morram de inveja. Rsrsrsrsrs"

E obteve uma resposta imediata, porque sempre existe alguém a postos no Facebook para responder e comentar.

Um amigo respondeu: "Inveja branca, mas inveja. Amoooooo esse homem!"

Outra amiga comentou: "Vi esse show em Sampa. É o máximo!"

E um terceiro já mandou: "Aproveita bastante."

Luísa sorriu com os comentários, mas percebeu que não estava dando atenção a Marcos e aos convidados. Tenta se enturmar, mais do que isso, tenta socializar com o grupo. "Já que nós quatro estamos aqui, temos que nos enturmar", pensou.

– Você nunca mais nos telefonou, Dora – disse Luísa enquanto o garçom servia uísque para os homens, vinho para as mulheres e deixava dois suculentos pratos com pastéis na mesa. – Precisamos nos encontrar mais.

– Ligar e atrapalhar a lua de mel dos pombinhos? Quem em sã consciência faria uma coisa dessas?

Na verdade, Luísa só fez aquele comentário para puxar conversa. Não tinha nenhum interesse em ser amiga de Dora ou Zeca. Eles eram amigos do Marcos e nunca se interessaram de fato por ela. Mas a boa educação mandava que se manifestasse de maneira agradável e que fizesse com que a pessoa que estava ao seu lado se sentisse bem.

– Como é que vão os negócios, Zeca? – perguntou Marcos também sem muito interesse. O interesse dele era Dora. Ele não parava de olhar para o decote dela, seus ombros e o contorno de seus seios sob a blusa. Marcos estava ficando muito excitado. Nem ouviu direito a resposta de Zeca.

– Os negócios vão bem. O país está em franco desenvolvimento, cheio de oportunidades. Claro que ainda temos que lidar com a corrupção, mas se você tiver vontade de trabalhar, ganha dinheiro.

– Estava pensando em arrumar um trabalho – disse Luísa.

– Pra quê, meu amor? – retrucou Marcos.

– Para me sentir uma pessoa útil. Pra que se trabalha?

– A maioria das pessoas pra se sustentar, meu amor – respondeu Marcos com ironia. – Se elas não trabalharem, não comem. A vida não é fácil pra todo mundo, não. A grande maioria rala pra caramba.

E Dora soltou uma de suas ironias:

– Meu querido, desde quando você tem toda essa preocupação social? Nossa, parece que os tempos estão mudando de fato. A classe mais abastada tomando consciência das classes menos abastadas, é um fato inédito. Estou muito satisfeita com você, Marcos.

Marcos ia responder com a mesma ironia, quando as luzes se apagaram e os primeiros acordes da música do Martinho soaram. E logo a música invadiu todo o ambiente. E quando a música chega, ela chega para valer. Contagia a todos com o seu ritmo, invade a mente, o corpo, a alma e o coração. Luísa se sentiu agradavelmente invadida por aquele som, por aquela música.

Expectativa. As luzes do palco se acenderam todas ao mesmo tempo numa coreografia frenética de luzes seguindo o ritmo da música. O som aumentava, a banda se empolgava. A platcia não dcsgrudava os olhos do palco à espera da entrada do artista. O som aumentava mais, as luzes também, assim como o calor e a tensão. A expectativa crescia. O artista estava para entrar em cena. Todos estavam lá para vê-lo, para ouvir seu trabalho, para reverenciá-lo. A expectativa só aumentava. O artista entraria a qualquer momento. Um momento mágico. E, finalmente, Martinho da Vila entrou para delírio geral da plateia que se levantou imediatamente para saudá-lo. Luísa também aplaudiu efusivamente de pé. E finalmente Martinho sorriu, olhou ao seu redor, olhou sua plateia, sorriu novamente e cantou a primeira música. Luísa não poderia estar mais feliz.

Uma música emendava na outra. O show ia se desenvolvendo e Marcos começou a ficar entediado. Tirou o sapato preto do pé direito lentamente com o auxílio do pé esquerdo. Com o pé fora do sapato, mexeu todos os dedos do pé, como se fosse relaxar. Sorriu. Mas não era um sorriso de alívio porque seu sapato o estava apertando. Era um sorriso lascivo e devasso.

Enquanto todos naquela mesa se divertiam, riam e até viajavam ao som do Martinho, Marcos procurava lentamente, mas muito decidido, o pé de Dora. Naquele momento, tocar o pé dela parecia ser a coisa mais importante de sua vida. Não importava que sua esposa estivesse ali, não importava que Dora estivesse acompanhada do marido. A única coisa que importava, a única coisa que Marcos queria naquele momento era tocar o pé de Dora. E com seus dedos livres do aperto do sapato, livres para fazer o que quisessem, livres para subir lentamente pelas coxas de Dora e sabe-se lá o que poderia acontecer depois disso. "Um passo de cada vez", pensou Marcos. "Eu só quero o meu pé tocando no dela."

E ele seguiu seu plano inicial. Lentamente, o pé de Marcos encontrou o pé de Dora, que, num primeiro momento, estranhou, mas achou que fora um toque acidental. Tirou o pé do lugar e o acomodou mais para trás. O pé de Marcos voltou a tocar primeiro a sandália e depois seus dedos. Dora disfarçou e olhou para Luísa, que estava encantada assistindo ao show, totalmente mergulhada no universo da música, da alegria, do balanço de Martinho, alheia a tudo o que estava acontecendo. Dora estava furiosa, mas tentou se controlar. Não queria escândalo. Mais uma vez tentou afastar seu pé devagar, mas Marcos, numa atitude claramente dominadora, bloqueou o pé, não deixando que ela fizesse nenhum movimento. "Seria tão fácil falar para o Zeca", pensou Dora olhando o marido entornar mais um gole de uísque. "Mas e as consequências? Meu Deus! Seria um escândalo, uma vergonha, expulsariam a gente daqui, mas bem que o Marcos merecia." Tudo isso passou rapidamente pela cabeça de Dora enquanto tentava, sem que ninguém percebesse, recuperar o controle sobre o seu pé. Quando parecia que conseguiria, Marcos pisou com força para impedir que seu pé se movesse. Ela abafou um grito de dor e, usando suas últimas forças, conseguiu arrancar seu pé, que estava quase sendo esmagado por Marcos. A força que usou fez com que o seu pé batesse no pé do seu marido e balançasse a mesa.

– O que aconteceu? Quem bateu na mesa? – perguntou Luísa, inocentemente.

– Me desculpe, Luísa, foi sem querer – disse Dora.

Nesse momento, Marcos tinha o cinismo estampado no rosto. Dora estava furiosa. Zeca não entendia nada e Luísa estava alheia, só prestando atenção no show. Debaixo da mesa, todos os pés se recompuseram e todos os três voltaram a sua atenção para a música. Todos se juntaram mais uma vez à Luísa, que não deixou de prestar atenção um minuto sequer no que estava acontecendo no palco.

Ao final do show, Luísa postou na internet como tudo tinha sido maravilhoso, perfeito, como era bom estar casada com Marcos.

O BANHO

A noite de Luísa depois que eles chegaram do show tinha sido perfeita, exatamente como ela havia imaginado e planejado. Marcos, como não poderia deixar de ser, tinha bebido um pouco além da conta e cheirava a cigarro, mas ela já estava se acostumando com isso, não a perturbava tanto. Os dois chegaram e ele estava com muito tesão. Ele queria sexo. Rasgou a parte de cima da roupa de Luísa, mas dessa vez, ela não se importou. Estava no clima. Seus seios ficaram à mostra, bem na frente dos olhos de Marcos. Parecia que ele via os seios pela primeira vez. Ele colocou a boca em um e a mão no outro. Marcos jogou Luísa no sofá, rasgou o resto do vestido, arrancou-lhe a calcinha e a penetrou ali, no sofá. Não deu tempo de chegar ao quarto. Transaram na sala. Foi uma transa selvagem, quase animal. Ela estava nua e quente. Ardente, molhada. Luísa parecia ferver de tanto desejo. As mãos de Marcos e sua boca estavam incansáveis. E Luísa se enchia de prazer e de tesão a cada toque, a cada beijo. Os dois gozaram como havia tempos não gozavam. "O que é o amor", pensou Luísa naquele momento, "pode estar esquecido, guardado, mas está presente. Basta uma faísca para ele voltar com toda a força". Luísa era uma romântica incorrigível. Mesmos nos momentos mais carnais, sempre pensava no amor sublime.

Quando eles terminaram, cansados, suados, exaustos, Marcos acendeu um cigarro e a olhou com muito carinho. Um carinho que ela não via mais desde que se casaram. Desde antes daquela noite de núpcias que ela queria esquecer, mas não conseguia. Com frequência aquela cena dantesca dentro daquele hotel de luxo voltava à sua mente. Mas naquele momento, na sala na sua casa na Barra, Luísa não queria pensar em nada. Só em Marcos, em como amava seu marido, e por isso afastou qualquer pensamento ruim, qualquer pensamento que a tirasse daquele clima de amor.

Marcos estendeu a mão para Luísa e os dois subiram para o quarto se beijando. Só que agora era um beijo sereno, calmo, mas não menos apaixonado.

Os dois chegaram ao quarto e novamente se amaram. Se amaram a noite toda com delírio, paixão e, principalmente, "com amor, com muito amor", pensava Luísa. Ao final, só um pensamento vinha à sua mente. "Que bom que eu me casei. Ele é meu, só meu e de mais ninguém."

Amanheceu. Os primeiros raios de sol entraram pela janela acompanhados da agradável brisa do mar. A cortina balançava levemente e aquela brisa, aquele ventinho gostoso acabou acordando Luísa. Estava tão feliz que sorriu ao ver um dia tão lindo na cidade do Rio de Janeiro. Céu azul, sem nenhuma nuvem, o mar tão próximo à sua casa, o barulho das ondas. "Que manhã maravilhosa", pensou, "Veio coroar nossa noite". E sorriu.

Marcos ainda estava dormindo quando Luísa se levantou e foi ao banheiro. A casa ainda estava em silêncio. Os empregados ainda não tinham começado suas tarefas. Apenas se ouviam as ondas do mar e a água do chuveiro caindo.

Luísa se despiu de maneira muito sensual. Ainda estava no clima da noite anterior. Em frente ao espelho, ela olhou demoradamente seu corpo, sua pele, seus cabelos e gostou do que viu. Estava se sentindo amada, desejada. Naquela manhã, estava mais apaixonada do que nunca.

A água estava numa temperatura perfeita e Luísa entrou no chuveiro. A água molhava todo o seu corpo: seus cabelos, seus ombros, seus seios, sua barriga, pernas, suas coxas e ela sentia um imenso prazer. Sorriu, pois lhe voltou à mente outra vez a noite maravilhosa que teve com seu marido. Pensou: "Ele voltou a ser aquele homem maravilhoso que conheci, por quem me apaixonei e com quem me casei." A água continuava a cair e Luísa continuou se deliciando com aquela manhã.

Lembrou-se de quando Martinho olhou bem para ela e começou a cantar uma de suas músicas prediletas. Parecia até que ele sabia que ela adorava aquela música.

Luísa começou a cantarolar e quando se deu conta, estava cantando sua música predileta quase como uma celebração pelo que aconteceu, quase como um agradecimento por ter uma vida tão boa.

Já tive mulheres de todas as cores,
De várias idades, de muitos amores.
Com umas até certo tempo fiquei.
Pra outras apenas um pouco me dei.

Já tive mulheres do tipo atrevida,
Do tipo acanhada, do tipo vivida.
Casada carente, solteira feliz.
Já tive donzela e até meretriz.

Mulheres cabeça e desequilibradas.
Mulheres confusas, de guerra e de paz,
Mas nenhuma delas me fez tão feliz
Como você me faz.

Procurei em todas as mulheres a felicidade,
Mas eu não encontrei e fiquei na saudade.
Foi começando bem, mas tudo teve um fim.

Você é o sol da minha vida, a minha vontade.
Você não é mentira, você é verdade.
É tudo o que um dia eu sonhei pra mim.

Nesse meio tempo, Marcos se levantou e foi trabalhar sem sequer se despedir.

Luísa saiu do banho, perfumada, com frescor de quem está feliz. Ela se enxugou, passou seus cremes hidratantes, seu perfume predileto e se colocou na frente do espelho. Sorria feliz, lembrando-se da noite passada. De como Marcos tinha sido carinhoso e ao mesmo tempo voraz no sexo. Havia muito o marido não a desejava tão ardentemente. Era só isso que Luísa queria: ser amada, desejada. Pensava: "O pudor não combina com o casamento. Na cama a gente tem que rasgar a fantasia." E sorriu com seus próprios pensamentos.

ESCRITÓRIO DE MARCOS

O escritório de Marcos era amplo e tinha decoração moderna, com janelas do teto até o chão. Via-se que Marcos era um engenheiro de sucesso. No começo da carreira teve ajuda do pai, que lhe arrumou um ótimo emprego em uma construtora muito importante. Foi lá que conheceu o deputado Talarico de Castro. Marcos foi o intermediário entre a construtora e o deputado para ganharem uma licitação de uma obra de infraestrutura na cidade. Trabalhou como lobista. A partir daí, Marcos começou a prosperar graças a sua parceria com o deputado. Passou a fazer grandes obras em vários estados. Eram inúmeras as licitaçãos ganhas. Assim, o deputado se transformou num "sócio oculto", participando dos lucros sem aparecer. Enfim, encontravam-se como grandes amigos e parceiros e, quando recebiam uma boa soma de dinheiro, comemoravam e se justificavam com o lema "uma mão lava a outra".

E a essa altura da vida, Marcos, ainda jovem, em sua carreira vitoriosa, estava muito próximo de construir o seu primeiro grande empreendimento: um enorme shopping na Baixada Fluminense. Era seu apogeu financeiro. Nesse projeto, Marcos e o deputado ganhariam muito dinheiro. E esse maravilhoso escritório, moderno e espaçoso, que já era pequeno para as ambições de seu dono, se tornaria minúsculo depois do shopping. Já ansiava por mais.

Mas, apesar das glórias e dos lucros, outra questão o afligia e, por isso, ele acendia praticamente um cigarro depois do outro. O cinzeiro já estava lotado de guimbas quando o deputado Talarico Castro entrou:

– Trago boas notícias, meu amigo. Em breve teremos em mãos o alvará de funcionamento. Arranjei um jeito e todos os nossos problemas serão resolvidos. – Após uma pausa, emenda: – Me orgulho de você, Marcos. Um jovem talentoso, e esperto. Como eu gostaria de ter um filho assim!

– E eu um pai assim! – respondeu Marcos.

– Eu me empenhei bastante nesse nosso caso. Sei que seremos recompensados pelos nossos esforços. Você nem acredita nas pessoas que eu tive que molhar a mão. Vou te mandar a lista. Eu me arrisquei, nunca pensei que poderiam aceitar.

– Você é um gênio. E não se preocupe que vamos cobrir tudo.

– Escute, Marcos, achei que ia te dar essa notícia e você ia vibrar. Abrir um uísque, apesar de ser tão cedo. E você continua com essa cara de quem comeu e não gostou. O que houve?

Marcos brinca que não é nada, mas o deputado continua insistindo até que ele se entrega, respondendo:

– Vou direto ao assunto, meu amigo, até porque você é meu padrinho. Estou muito preocupado com o meu casamento. Não sei o que fazer. De vez em quando até rola um clima, mas...

Marcos interrompeu sua fala. Se arrependeu de tocar nesse assunto. Não sabia se podia confiar nele de fato. O deputado, por sua vez, encarou Marcos disfarçando sua surpresa e seu interesse no assunto. Tentou se manter o mais imparcial possível, porque realmente, como um bom e velho fofoqueiro, queria saber o que estava acontecendo.

– O que é isso, Marcos? Pode confiar em mim. Pra mim você pode falar tudo. Nós somos amigos, mais do que isso, sou seu padrinho de casamento. Entre nós não há segredos.

– Sabe aquele uísque que você mencionou há pouco? Preciso dele. Estou muito tenso, preciso de uma bebida.

Marcos foi até a bem abastecida prateleira com bebidas, que escondia dentro de um armário a chave no seu escritório, para pegar um uísque.

– Quer uma dose?

– Sirva e vamos conversar. O que está acontecendo?

Marcos desabafou enquanto servia as duas doses de uísque. Bebeu de um só gole e serviu mais uma para si enquanto o deputado pegava seu copo.

– Devagar, meu amigo. Não são nem dez horas da manhã.

Mesmo assim, Marcos bebeu de novo de um só gole. Ele estava realmente angustiado, desorientado.

– Qual o problema com seu casamento, Marcos?

– A Luísa mudou muito depois do casamento. Vive me cobrando.

O deputado, com ar de sério e compenetrado, estava cada vez mais buscando chegar a seu objetivo: Luísa.

"Esse garoto precisa que alguém o ajude a comer essa mulher. Tá na cara que tá faltando homem no pedaço. Quem sabe eu não me candidato", pensou o deputado sem deixar transparecer, sem movimentar um músculo de seu rosto. Mas por dentro, estava se deliciando com aquela situação.

Por fim, falou:

– Por que você não faz uma dessas palhaçadas que toda mulher adora?

– E o que toda mulher adora? – perguntou Marcos.

– Marcos, em que mundo você vive? Convida ela para passar uma semana a dois. Leva ela para o Caribe, Nova York ou Cancun, sei lá. Um programa cheio de vinho e gargalhadas. Porque esse papo de bombons, flores e poesia já era. Quem é que vai querer saber de poesia? – E soltou uma sonora gargalhada como se tivesse dito a coisa mais sábia de todos os tempos. Ele acreditava ser, dentro de sua arrogância, poder e presunção, além de um homem irresistível, um profundo conhecedor das mulheres.

Marcos não se animou diante do conselho do amigo. Ficou entediado e pouco animado com a ideia. O deputado, por sua vez, um homem vivido, experiente, já tinha entendido tudo e jogou verde para colher maduro:

– Mas o que está acontecendo, Marcos? Me desculpe falar com toda a franqueza, mas, afinal de contas, você não está dando conta do recado? Ou será... – fez certo suspense fingindo pensar e finalmente ter descoberto o grande segredo de Marcos. – Já sei! Você tem outra!

Marcos teve um sobressalto por ter sido descoberto. Não conseguiu sequer disfarçar. Bebeu mais um gole de uísque e se serviu de outro enquanto decidia se devia ou não se abrir com o amigo. Resolveu falar. Afinal, eram homens. E os homens se entendiam, compartilhavam do mesmo pensamento, dos mesmos desejos em relação às mulheres. "Quem melhor que o seu padrinho de casamento para entendê-lo?", Marcos pensou em alguns segundos, tempo exato para se servir de mais uma dose de uísque.

– Como você descobriu, Talarico? Como? Quem te contou?

O deputado mal conseguia disfarçar o prazer de tal revelação. Ele sabia que conhecimento era poder. E, agora, ele tinha poder total sobre o casamento de Marcos e Luísa, sobre o seu afilhado. "Que dia glorioso", pensou ele. "Crise no casamento, traição. Não podia ser melhor", ele se deliciava com seus pensamentos enquanto fazia cara de absolutamente surpreso na frente do afilhado. Afinal, sempre teve fantasias sexuais com Luísa e estava certo de que agora seria possível realizá-las.

– Escute, Marcos, me desculpe mas eu não estava sabendo de nada, ou melhor, não sabia. Você é que está dizendo. Eu apenas fiz uma pergunta.

– Eu nem sei o que dizer, deputado. Não vá pensar...

– Marcos – interrompeu novamente o deputado, que aproveitava cada momento, se deliciava e ao mesmo tempo pensava em como tirar proveito daquela situação. Aquele era o momento de agir. – Não se preocupe, afinal somos homens. Somos amigos. Agora o importante é salvar seu casamento. Esqueça o resto. Eu vou ajudar você. Vou marcar um almoço com a Luísa para conversarmos.

– Você acha que resolve alguma coisa?

– Eu vou fazer a sua mulher enxergar que maridão ela tem. Deixe comigo. Eu conheço as mulheres. Eu sei que ela vai entrar nesse almoço de um jeito e vai sair de outro.

Marcos sempre muito senhor de si, agora se comportava como um idiota...

– Eu nem sei como agradecer, deputado. Tudo isso tem me deixado muito angustiado. Não é fácil ter uma amante.

– Nada que é bom na vida é fácil, Marcos. Não se esqueça disso. Quem está lhe dizendo é um homem experiente que já passou por muitas coisas. Mas não vale a pena esse sacrifício?

– Se vale.

– Pois então, estamos conversados.

O deputado imediatamente pegou seu celular e ligou para Luísa.

Marcos, bêbado e apavorado, pediu, quase suplicando:

– Não diga que está aqui.

– Mas de jeito nenhum, Marcos. A Luísa sabe que somos amigos, mas não quero que ela descubra que somos cúmplices.

Marcos sorriu, sentindo-se amparado pelo amigo, cuja intenção única era seduzir Luísa. O deputado estava indo contra a tábua dos Dez Mandamentos: "Não cobiçarás a mulher do próximo."

A MANSÃO DO DEPUTADO

Luísa não entendeu muito bem o telefonema do deputado Talarico de Castro convidando-a para almoçar na casa dele. Entretanto, como ele disse ser um assunto do interesse dela e de Marcos, principalmente de Marcos, ela se armou de paciência, porque a cada vez gostava menos de Talarico, mas achou de bom-tom aceitar o convite.

E lá se foi Luísa para a casa do deputado, uma mansão digna dos atores mais famosos de Hollywood. Era em São Conrado e parecia um sonho, um verdadeiro castelo, fruto de muitas comissões, armações, maracutaia, exploração e desvio de dinheiro público. Ele até então nunca havia sido incriminado de nada. Tinha conseguido se livrar de todos os escândalos, provocações e acusações por falta de provas. Era muito cuidadoso, muito meticuloso, quase um psicopata quando se tratava de ganhar dinheiro. Agia com uma frieza espantosa, sem deixar rastros. E para completar: fazia o papel de bom moço como ninguém. Mas até o mais frio e calculista dos bandidos comete um erro e com certeza seria uma questão de tempo para que uma das inúmeras tramoias do deputado emergisse, e ele teria seu rosto estampado em todos os jornais e teria que esconder a cara com um casaco para sair do carro da polícia e ir até a delegacia prestar depoimentos. Era nisso que Luísa estava pensando enquanto o esperava sentada num luxuoso e espaçoso sofá de couro, no meio daquela sala suntuosa, cheia de objetos de arte espalhados e quadros de pintores famosos pendurados nas paredes, tomando o café numa xícara cuja borda era banhada a ouro.

"Não queria meu marido envolvido com esse sujeito. Mas eles são amigos. Fazer o quê?", suspirou Luísa. Já estava cansada: "Imagine como vou ficar depois desse almoço? Depois de ficar conversando com esse homem por pelo menos duas horas?". E deixou soltar um "Ai, que saco!", mas rapidamente se recompôs e olhou em volta para ter certeza de que ninguém ouviu aquele desabafo.

O deputado começou a descer as escadas em grande estilo. Muito bem-vestido, com uma roupa casual, mas de grife, perfume importado, sapatos italianos, mas Luísa nem percebeu que ele estava prestes a entrar na sala. Estava distraída olhando uma das obras de arte. Isso o frustrou, mas ele aproveitou esse tempo no alto da escada para observar Luísa e pensou: "Nossa! Ela está cada dia mais gostosa. Esse Marcos é um otário."

O deputado pigarreou para chamar a atenção de Luísa, que olhou para ele e se forçou a dar um sorriso. Finalmente, ele desceu a escada em grande estilo e fez sua entrada triunfal na sala conforme o planejado. Imediatamente, se dirigiu à Luísa, que já havia se levantado para recebê-lo e, num gesto paternal, mas cheio de malícia, segurou as duas mãos da moça.

– Obrigado por atender ao meu chamado, Luísa. É um prazer recebê-la em minha modesta e humilde moradia.

Luísa, tentando disfarçar a indignação, respondeu:

– Eu posso lhe assegurar, deputado, que a sua casa não é modesta e muito menos humilde. Mas honestamente, padrinho, eu não entendi o seu telefonema e a urgência do nosso encontro.

Ele foi conduzindo Luísa até a sala de jantar na tentativa de criar suspense.

– O nosso almoço nos espera – fala numa atmosfera de muita seriedade e mistério.

– Padrinho, se é algum problema, qualquer coisa, seja o que for, pode falar. Eu estou preparada.

E, quando chegaram à porta da sala de jantar, antes que o deputado colocasse a mão na maçaneta para abrir a porta, ele disse:

– Luísa, eu pedi que você viesse até aqui para te dar uma ordem, ou, se você preferir, um pedido de um amigo desinteressado.

Luísa se assustou e quase entrou em pânico...

– Deputado, eu confesso ao senhor que agora me preocupei de vez. Qual é essa ordem? Esse pedido?

– Salve seu casamento – bradou o deputado a pleno pulmões. – Salve!

Luísa toma um baque ao ouvir essas palavras. Pensou: "Meu casamento? Francamente não estou entendendo."

O deputado Talarico criava um pequeno suspense. Fazia um gesto para que Luísa entrasse na sala de jantar, cavalheiramente a acomodou em uma cadeira e começou a lhe servir uma taça de vinho. Tudo isso para criar uma atmosfera propícia aos seus interesses. E então continuou com seu pequeno discurso. Já se imaginava num palanque, sendo observado e paparicado por todos, bancando o dono da verdade. Ditando regras e normas.

– É importante manter o casamento a qualquer preço, Luísa. Digo ainda mais, faça isso mesmo que seja só para manter as aparências. Sim – concluiu com ares de filósofo –, casamento de aparência muitas vezes é a solução.

Luísa aturdida e surpresa responde:

– Senhor, eu não estou entendendo. Não há o que salvar. O nosso casamento está indo muito bem, obrigada. Eu e o Marcos somos duas pessoas diferentes, mas que se amam. Eu acho muito normal que existam coisas no nosso dia a dia que ainda não funcionem direito. Tudo isso é natural numa relação a dois. – Luísa parou alguns instantes, e algumas imagens passaram por sua cabeça: o dia em que conheceu Marcos em uma balada; como ele era gentil e inteligente no começo do namoro. Luísa afirma com todas as letras: – Eu amo o meu marido!

É claro que o deputado, com sua arrogância e se achando o melhor dos homens, não acreditou quando Luísa disse que amava Marcos. "Essa carinha de sonsa não me engana. Ela deve estar subindo pelas paredes. Esse marido não deve estar fazendo o serviço", pensava com a fisionomia compenetrada, olhando firme para Luísa, olho no olho. Envolveu delicadamente o seu ombro com o braço com um jeito acolhedor tão convincente, que Luísa até se recostou nele por uns segundos. Depois de um pequeno clima entre eles, de mais uma taça de vinho, ele fez uma sutil provocação.

– Bem, se é assim, estou feliz. Porque eu, mais do que ninguém, torço pela sua felicidade. – E, aproximando-se de Luísa, sempre com o olhar firme, chegou perto a ponto de conseguir sentir sua respiração e concluiu: – Eu ouso dizer, mais do que ninguém eu torço por sua felicidade.

Luísa imediatamente se afastou de seu padrinho. Estava perplexa diante daquela situação e cada vez mais desconfiada. Aos poucos começava a entender melhor os canalhas e, diante de um dos maiores que ela conhecia, já percebera o pervertido que tinha em sua frente. "Se ele pensa que me engana, ele vai ver", pensou. Sempre sorrindo, continuou pensando: "Estou entendendo. O melhor amigo do Marcos, nosso padrinho de casamento, está a fim de mim. Ele é um descarado". Mas Luísa decidiu fingir que não estava entendendo nada, que a conversa era muito natural e que o deputado Talarico estava de fato preocupado com a felicidade dela e de Marcos.

Um empregado entrou para servir a salada. Depois de os dois pratos terem sidos servidos com a colorida salada e de o empregado ter sido dispensado, o deputado, com um sorriso irônico, deu mais uma cartada em direção à sua conquista. Disse à queima-roupa:

– Sabe de onde te liguei ontem?

Luísa, tentando ser natural, respondeu:

– Não sei. De onde?

E o deputado, abrindo o sorriso, pensou: "É agora! Meu trunfo! Lá vai". E sem perder o sorriso disse:

– Do escritório do seu marido!

Luísa recebeu esta notícia totalmente aturdida. Ela tentou se controlar.

– Do Marcos? – pergunta Luísa, desconcertada e surpresa. "O que ele está tramando? O que será que está acontecendo?" São as perguntas que vêm à sua mente enquanto ela olha para o deputado tentando não transparecer a surpresa e o aturdimento.

A salada esperava para ser comida, mas nenhum dos dois tocou no prato. Apenas o copo do deputado se enchia novamente de vinho.

Ele bebeu mais um gole e respondeu para Luísa.

– Sim, do Marcos, seu marido. – E abriu mais uma vez o sorriso.

Só uma palavra definia Marcos e o deputado Talarico para Luísa, e ela tinha vontade de gritar: "Canalhas! Safados!", só que, a essa altura dos acontecimentos, ela não conseguia mais não demonstrar sua desconfiança e principalmente sua irritação com toda aquela cena constrangedora à qual estava exposta. E disse:

– E por que vocês não me falaram nada? Que estranho! O que está acontecendo? Vocês estão me escondendo alguma coisa? Primeiro você fala em salvar meu casamento. Por quê? Salvar por quê? Você sabe de alguma coisa. O quê? Fala logo.

Luísa estava constrangida, porém com muita firmeza.

O deputado chegou aonde queria. Luísa estava desequilibrada, preocupada, frágil, pronta para o bote. Se aproximou novamente dela, segurou sua mão, retendo mais tempo que o necessário e falou sem muita convicção:

– Luísa, eu não sei de nada. Aliás, ninguém está escondendo nada. – Fez uma pequena pausa, para criar um suspense e deixar Luísa ainda mais frágil. – Pelo menos que eu saiba...

Luísa já não escondia mais sua irritação.

– Por que você não falou que estava lá? Por quê?

O deputado achava que seu joguinho de sedução estava dando certo. Estava conseguindo desequilibrar Luísa emocionalmente, e evasivamente respondeu à pergunta:

– Como disse, eu não estava no meu escritório, estava no escritório do seu marido e ele me pediu pra não falar nada. Mas eu sei que não foi por nada. Coisa de homem... – falou mal conseguindo disfarçar sua satisfação e ironia.

Luísa a essa altura da conversa não sabia muito bem o que pensar, nem como agir. Estava atônita, surpresa, perplexa. E veio o golpe final.

– Agora, vamos falar de nós – disse o deputado, com a certeza da vitória.

– De *nós*? Você fala de manter as aparências do casamento, de fingir e agora fala de *nós*?

Pensou: "Era o que faltava."

– Fingir. É isso mesmo. Não adianta disfarçar mais. – O deputado bebeu mais uma taça de vinho e já estava enrolando a língua. – Você já entendeu o que eu quero, não? Eu quero você! Quero você aqui e agora!

Luísa levantou-se da mesa, derrubando o guardanapo do colo e o copo de vinho intacto, que manchou a toalha. Estava nervosa, constrangida, mas tirou força e disse, quase gritando:

– Você é o melhor amigo do meu marido! Você é o nosso padrinho de casamento! Você é um canalha! Um idiota. Traidor, corrupto, desleal, desonesto. Enfim, um legítimo filho da puta. Um merda mesmo! – O deputado com certeza não esperava aquela reação de Luísa. Agora era ele quem estava perplexo. E Luísa continuou: – Como você se atreve a falar assim comigo, seu merda?

– Calma, Luísa – falou com a língua ainda mais enrolada. – Calma. Eu sei que você tem medo de que o Marcos fique sabendo, mas você pode confiar em mim. Eu não vou contar nada.

Luísa olhou bem nos olhos do deputado, respirou fundo e disse:

– Só não vou te cuspir na cara porque você pode gostar. Bundão. Seu verme!

Luísa já estava no jardim da casa, próximo à piscina, indo em direção à saída quando o deputado correu, colocou-se na frente dela e segurou-a com os dois braços.

O deputado estava bêbado e descontrolado. Mas pensava que estava no controle da situação.

– Confia em mim – disse encarando Luísa. – Vamos fingir para ele. Pode confiar que ele não vai saber de nada. – E tentou passar a mão em seus seios.

Luísa, revoltada, abriu bem a mão e deu um tapa na cara do deputado, para em seguida empurrá-lo. Ele se desequilibra e acaba caindo na piscina.

Ele emergiu da água e saiu da piscina. Estava ensopado. Talarico gritou tentando ainda se impor com prepotência:

– Eu sou um homem de bem! Sou deputado! Tenho imunidades! Sou autoridade! Exijo respeito! Respeito!

Luísa virou-se e disse, de forma triunfante:

– Fodam-se suas imunidades. Você é um merda!

Ela foi embora sem olhar para trás e, da varanda da mansão, dois empregados e duas empregadas estavam assistindo ao vexame do patrão. Os serviçais estavam às gargalhadas.

Luísa sentia que sua vida começava a mudar. Ela tomou uma decisão histórica, gritando:

– Chega! Basta! Eu não vou mais aturar estas coisas nem mais um minuto, para o resto da minha vida! Nem mesmo depois de morta. Por dinheiro nenhum! Por coisa alguma nesse mundo!

E o almoço ficou só na entrada. Não teve o prato principal.

PAPO DE AMIGA

Depois daquele desagradável incidente com o deputado Talarico de Castro, Luísa teve uma vontade quase incontrolável de ver sua mãe. Precisava de colo, precisava de uma palavra amiga, confidente. Precisava de alguém em quem pudesse confiar.

Foi até o seu antigo apartamento na avenida Atlântica, mas a empregada lhe disse que a mãe não estava, mas que não demoraria. Tinha ido ao supermercado. E Luísa se lembrou de que todas as tardes a mãe arrumava algum pretexto para ir ao supermercado e dar uma voltinha no calçadão. Resolveu esperá-la em seu antigo quarto.

O cômodo estava mais ou menos como ela havia deixado. Não havia roupa de cama e nem travesseiro na cama, mas os móveis estavam no mesmo lugar e havia ainda algumas de suas roupas no armário. A mãe não havia mexido em nada. Luísa sentiu uma emoção ao entrar de novo em seu antigo quarto, saudades, nostalgia, lembranças de um tempo em que foi muito feliz. Hoje, ela já não tinha certeza de que era feliz.

Teve a mesma sensação do dia em que se casou. Olhou pela janela do décimo segundo andar do seu apartamento e mais uma vez ficou paralisada, fascinada com o movimento das pessoas, dos carros, dos ônibus. O caos, o trânsito, o sufoco, o patético. O mais louco, pensava, é que ninguém conseguia imaginar o que se passava na cabeça de outro ser humano. Você cruza na rua, toma o mesmo ônibus, o mesmo metrô e não faz ideia dos problemas pelos quais aquela pessoa que está ao seu lado está passando naquele momento.

Só que, depois do sofrimento que tinha vivenciado, do que enfrentou na casa do deputado, essas sensações eram ainda mais fortes, mais sufocantes, ela se sentia realmente patética. E, mais uma vez, fotografou a avenida Atlântica e postou na sua página do Facebook. Não tardou para que Mônica lhe mandasse uma mensagem.

"Tá aqui em Copa, Luísa?", escreveu Mônica.

"Estou", respondeu Luísa rapidamente.

"Que fascínio é esse pela avenida Atlântica? Nem parece que você morou grande parte da sua vida aí!", escreveu novamente Mônica, mas dessa vez pelo chat do Facebook para manter a privacidade.

"Mas eu vou descobrir o que anda acontecendo com Marcos. Deve haver algum motivo para ele ter desabafado com o deputado", pensou. "Se é que tem alguma coisa para descobrir."

Outros comentários apareceram.

"Linda paisagem urbana", escreveu um.

"Adoro Copacabana. Mesmo com esse trânsito", escreveu outro.

"Estou em Búzios e realmente não sinto falta desse caos", escreveu um terceiro.

E Luísa recebeu mais uma mensagem de Mônica: "Vamos tomar uma cerveja no nosso velho bar agora?"

Luísa imediatamente aceitou e saiu correndo do apartamento sem esperar por sua mãe, deixando a empregada sem entender nada.

Quando Luísa chegou ao bar, Mônica já estava à espera dela. Mônica era uma moça muito bonita e com certo requinte. Morena de olhos verdes, alta, corpo definido pela academia e pelo vôlei de praia. Ela, ao contrário de Luísa, não pensava e nunca tinha pensado em se casar jovem. Queria curtir, viajar, o que fazia com frequência, e namorar muito. Nesse momento da vida, não queria se prender a ninguém.

Depois dos cumprimentos habituais e de Luísa ter contado tudo o que tinha acontecido na casa do deputado, Mônica disse:

– E o Marcos então sabia que o deputado tinha te chamado pra esse encontro e deixou?

– Foi o que aquele canalha, filho da puta do Talarico, me disse.

– Escuta, Luísa, eu acho que esse safado deve ter enganado o seu marido. Deve ter dito, fingindo ser um bom samaritano, que queria ajudar.

– Pode ser, Mônica, mas o Marcos tá diferente.

– Diferente como?

– Distraído, sem interesse... ah, sei lá. Eu acho que...

E Mônica completou o que Luísa não teve muita coragem de dizer:

– Que ele tá te traindo? Que ele tem outra, ou outras?

– É, é isso. Que ele tá me traindo.

E Mônica não soube mais o que dizer.

O SONHO DE LUÍSA

Já era tarde da noite e Luísa estava no seu canto predileto da casa. Na varanda do seu quarto no segundo andar, onde ela podia ver o mar e Mel dormindo no jardim, porque o calor era muito forte e sua cachorra preferiu dormir próximo à piscina. Luísa acabou de fotografar a lua crescente sobre o mar na Barra da Tijuca e havia postado na sua página do Facebook. Como sempre, seus amigos de plantão responderam prontamente.

Um deles escreveu: "Que bom ver essa lua depois do dia puxado que eu tive. Aliás, essa semana vai ser bem puxada. Boa noite."

Seu amigo, cabeleireiro, gay, Dudu, perguntou: "Perua, quando você aparece? Tenho certeza que você está precisando de uma hidratação."

Luísa riu e em seguida escreveu: "Em breve estarei aí. Saudades."

Ela olhou para dentro de seu quarto e viu Marcos dormindo o sono dos justos. O que ela tinha dúvidas era se o sono era dos justos mesmo ou se ele estava cansado porque tinha duas mulheres. Ia contar tudo o que tinha acontecido na casa do deputado durante o jantar. Tinha planejado tudo: como iria entrar no assunto, de que maneira iria contar para não piorar as coisas, para não criar um clima maior ainda, mas os seus planos foram por água abaixo quando Marcos não veio jantar. Ela poderia ter contado quando ele chegou, mas ele disse que estava exausto e só queria tomar um bom banho quente e dormir. Poderia ter invadido o banheiro e contado tudo ao marido enquanto ele relaxava no banho, ou quando acendia um cigarro no jardim, momentos antes de subir e cair na cama. Mas não o fez. Faltou coragem. "Mas de amanhã não escapa", pensou Luísa olhando Marcos dormir. Escreveu um último comentário em seu mural no Facebook.

"Meus amigos, espero grandes revelações para amanhã." E, antes que alguém pudesse responder, Luísa fechou seu laptop e foi se deitar.

As luzes da casa se apagaram. Tudo era escuridão e silêncio. O mais profundo silêncio.

De repente, a paisagem mudou completamente. Tudo estava envolto por uma névoa e quando essa névoa começou a dissipar, ela não estava mais em casa. Estava numa escadaria da Lapa, ouvindo uma música que ela não sabia muito bem de onde vinha, nem sabia identificar que música era. Uma fina camada de névoa ainda persistia e a música invadia todo o ambiente sem pedir licença.

Luísa começou a caminhar entre lugares e pessoas estranhas. Ela sabia que estava na Lapa, mas o bairro estava diferente. Não era o lugar que ela conhecia, a não ser pelos arcos. Eles estavam lá, onde deveriam estar. Mas os casarões, o comércio, aquele colorido das noites da Lapa, das noites de boemia não estavam lá. As ruas Mem de Sá, Gomes Freire e Riachuelo estavam vazias. A atmosfera era sombria.

Luísa escutou a voz de Marcos, já no centro da cidade e se sentiu aliviada. A Lapa ficou para trás. Ela escutou claramente quando Marcos disse:

– Eu amo a minha mulher.

Luísa conseguiu ver Marcos ainda um pouco distante. Ele estava conversando com uma moça que estava claramente se oferecendo para ele. Marcos novamente disse:

– Eu amo a minha mulher.

Mas parece que a mulher não se convencia de jeito nenhum e Luísa, que agora estava em frente a um sobrado, assistia a tudo atrás da esquina. A mulher abriu o botão da camisa de Marcos, enfiou a mão pela abertura e começou a acariciá-lo. Marcos até cedeu por alguns instantes, mas tirou a mão da moça com delicadeza. Luísa nesse momento sorriu e tentou se aproximar para ouvir o que o marido tinha a dizer.

E Marcos disse com toda a convicção:

– Você é uma mulher linda e muito sedutora, mas não adianta. Isto não é importante para mim. O importante é não mentir e cultivar um amor que supere todas as tentações. O verdadeiro amor. Eu amo a minha mulher.

Luísa ao mesmo tempo em que ficou feliz, sofreu ao ver a outra praticamente se esfregando em Marcos. Porque a outra era mais bonita e mais gostosa que ela, e Luísa sabia disso. "Até quando Marcos vai conseguir resistir?", Luísa pensava a todo instante. "Essa mulher vai ficar nos assediando pra sempre."

A mulher, novamente, investiu em Marcos, e dessa vez foi além, deslizando a mão para baixo da cintura e começou a abrir o zíper... Colocou a mão em seu pênis e para Marcos estava difícil resistir. Para Luísa também estava difícil ver o marido sendo "atacado" daquela maneira. Mas foi ao êxtase quando Marcos mais uma vez afastou a mão da outra e disse com o olhar apaixonado e uma convicção quase anormal:

– Eu amo a minha mulher. Sou totalmente apaixonado por ela, apaixonado.

A outra desapareceu como num passe de mágica e Luísa chorou de emoção. Gritou feliz do outro lado da rua, encostada em um poste:

– Marcos, eu também te amo. Eu faço tudo o que você quiser!

Luísa correu na direção de Marcos, mas, quando foi abraçá-lo, seu marido desapareceu.

Na casa da Barra, no seu quarto, Luísa acordou num sobressalto. Acordou assustada, nervosa, com lágrimas nos olhos. Olhou para Marcos que ao seu lado continuava dormindo o sono dos justos.

Luísa se levantou. Precisava respirar, precisava de ar. Esvaziou o copo com água que estava ao lado da sua cama. Ainda não foi suficiente para acalmá-la. Resolveu ir até a varanda. A visão do mar, a maresia, a brisa sempre a acalmaram.

Luísa chegou à varanda e respirou aquele ar, aquela maresia que vinha da praia. O barulho do vai e vem das ondas a estava acalmando.

Seu laptop continuava na varanda em cima da mesa e, como estava sem sono, resolveu navegar pela internet.

A primeira coisa que fez foi checar seus e-mails. Luísa deletou o que não era importante e foi para a sua página no Facebook. Talvez algum amigo estivesse sem sono e podia até rolar um bate-papo. Quando Luísa abriu sua página e começou a dar uma olhada no que havia sido postado, seu coração disparou quando ela viu uma foto de Marcos abraçado a uma mulher e mais dois homens em volta. Ela não conhecia aquelas pessoas. Luísa, temerosa, se perguntava quem poderia ser aquela mulher. Tentou identificar o lugar onde a foto havia sido tirada, mas não conseguiu. Era um jardim ao fundo. Podia ser qualquer lugar. Ela não conseguia parar de pensar em quem seria aquela mulher. Tentou se acalmar e repetiu para si: "Não posso tirar conclusões precipitadas. Pode ser uma colega de trabalho." E Luísa começou sua busca pela internet à procura de mais indícios, à procura de pistas. Tentava descobrir quem era aquela mulher.

Entrou no e-mail de Marcos. Ela já havia feito isso. Descobrir a senha foi muito fácil. Marcos tinha colocado a sua data de aniversário, mais óbvio impossível. Já tinha entrado no e-mail do marido uma vez, mas nunca mais voltou a fazê-lo. "Tanta vigilância pode transformar um pequeno problema em um problemão", refletiu quando checou os e-mails de Marcos, "às vezes um carinho com uma colega de trabalho fica ali, na nossa frente sujeito a todo tipo de interpretação", e nunca mais abriu os e-mails. Mas agora era diferente. Ela precisava descobrir quem era aquela mulher.

E achou o que estava procurando. Marcos não tinha limpado a pasta "excluídos" e havia alguns e-mails em nome de Vanessa. Luísa soube que era a mesma pessoa porque em alguns e-mails havia fotos. Mas as mensagens eram dúbias:

"Foi bom te encontrar daquele jeito."

"Mas que jeito?", pensou Luísa. "Que jeito é esse?" A outra mensagem dizia:

"Arranje um tempo para um café."

"Não tem nada demais tomar café com uma amiga. Mas, e se fosse uma espécie de senha?", Luísa se perguntava. Da varanda, olhava o marido e ele dormia como um santo.

Agora, o que mais deixou Luísa perturbada foi que Marcos, numa ingenuidade extrema, usou seu e-mail pessoal para se cadastrar em sites de traição. Luísa fechou o laptop rapidamente como para esquecer de tudo o que viu, mas estava intrigada. Ela precisava descobrir o que estava acontecendo de verdade.

O TROCO

Luísa estava começando a ficar entediada com a vida que estava levando. Estudou, se formou arquiteta e, apesar de nunca ter trabalhado, tinha uma vida social muito ativa. Via suas amigas constantemente, ia ao cinema, a galerias, vernissages, teatro, festas, boates. E, mesmo depois de ter conhecido Marcos e do relacionamento dos dois ter ficado sério, eles não paravam um segundo. Passeavam, saíam, se divertiam. Luísa sabia que a vida de casada não seria tão agitada socialmente como era sua vida de solteira, mas o que estava acontecendo era um verdadeiro marasmo, um tédio.

Luísa procurou fazer coisas que a distraíssem e divertissem. Começou a pintar. Era uma vontade que tinha desde os tempos de faculdade. "Todo arquiteto é um artista. Tem um lado muito técnico, mas é um artista", era o que dizia quando alguém lhe perguntava por que não tinha feito Belas Artes já que amava tanto a pintura.

Nesse dia, Luísa pintava do lado de fora da casa, no jardim. Mel dormia tranquilamente ao lado dela. A iluminação estava excelente, era um dia maravilhoso, com uma luminosidade que ela queria transpor para a tela, que já estava toda pintada com fundo vermelho. O vermelho simboliza o poder, a vitalidade, a ambição. O vermelho contribui para a confiança em si mesmo, a coragem e uma atitude otimista diante da vida. Era isso o que significava aquela tela com fundo vermelho para Luísa. Coragem. "Mas qual a cor para expressar a luminosidade deste dia? Uma luminosidade especial, sem dúvida", Luísa não parava de indagar. Procurava por uma cor, por uma tinta. Experimentava na tela. O amarelo sobre o vermelho. "Não, quente demais. O azul... também não." E continuava procurando e experimentando. Nada lhe agradava, nada retratava a emoção, o sentimento que aquele dia, aquele instante estava provocando nela. "Vou ter que misturar. Com certeza não é uma cor primária." Luísa voltou a procurar por entre as cores que estavam próximas ao cavalete, mas não encontrou. Foi até a garagem para procurar. Ela tinha muitas opções de tinta no armário da garagem.

Luísa entrou na garagem e foi direto ao armário onde suas tintas estavam guardadas. Ficava no fundo da garagem, no canto esquerdo onde se tem que desviar de algumas coisas para conseguir chegar lá. Escadas, ferramentas, baldes, quadros que não ficaram bem nas paredes, presentes de casamento sem nenhuma utilidade, coisas desse tipo. A garagem de Luísa era uma pequena bagunça. E os dois carros e a moto de Marcos ocupam boa parte do cômodo. Por isso, Marcos não notou a presença de Luísa quando entrou na garagem e foi em direção ao seu carro. Ela estava praticamente camuflada por tantas coisas. Quando seu celular tocou, ele viu no visor que era Vanessa e atendeu sem nenhum tipo de preocupação, sem tentar disfarçar:

– Bom dia, meu amor.

Essa frase chamou imediatamente a atenção de Luísa. E não poderia ser diferente. Luísa parou o que estava fazendo, se tornou mais invisível ainda para escutar a conversa de Marcos, que estava encostado em seu carro, com a porta aberta.

– Calma, princesa, eu já estou a caminho – e, falando um pouco mais baixinho, termina de maneira muito elegante a conversa: – Um beijo nesse seu rabo lindo.

Luísa não acreditou no que ouvia. Por uns instantes, pensou: "Não, eu ouvi errado. Ou é algum tipo de brincadeira com alguém do escritório. Colegas muito íntimos falam muita bobagem." Mas a desconfiança já havia se instalado. E Marcos tinha uma atitude suspeita. Falou baixo no final da conversa, com uma cara lasciva, sacana. "Já entendi tudo", concluiu Luísa. "Safado, ele está marcando um encontro." Ela queria provas. "Mas como conseguir essas provas?", se perguntou. A sorte estava do seu lado quando Marcos abriu sua pasta e viu que esqueceu alguma coisa em casa. Luísa não sabia o que era. Com certeza papéis, mas era a oportunidade da qual precisava. Ela respirou, tomou coragem e resolveu entrar no porta-malas do carro de Marcos. Se escondeu. Como o banco traseiro do carro era bipartido, Luísa empurrou sutilmente um dos bancos para a frente de modo a ter uma visão de tudo o que acontecia dentro do carro. Através da fresta, Luísa podia ver e ouvir tudo. E o que era melhor, não podia ser vista. Perfeito. Não podia ser mais conveniente.

Marcos voltou, entrou no carro, bateu a porta, ligou o motor e não notou nada de estranho. Ligou o rádio e saiu. No porta-malas, Luísa estava surpresa consigo mesma, com a coragem que teve. Saiu de casa daquele jeito, sem dinheiro, sem documento, sem racionalizar. Saiu só com sua calça jeans e camiseta sujas de tintas e descalça.

O carro estava em movimento e as músicas tocavam uma atrás da outra. Luísa, no porta-malas, começa a ter dúvidas se fez a coisa certa. Agiu por impulso, por ciúme, quase por instinto de sobrevivência, mas agora começava a questionar sua decisão.

"Eu não devia ter feito isso", pensava. "Ele está indo para o escritório e eu aqui fazendo papel de boba." A música continuava tocando e Marcos começou a cantarolar junto com o cantor. Ele parecia estar muito feliz, diferentemente de Luísa, que estava cada vez mais angustiada à medida que o carro avançava pelas ruas. "Quando ele estacionar na garagem do escritório, como é que eu vou sair daqui? Lá, todo mundo me conhece!" Esse pensamento começou a apavorá-la. Luísa estava tão nervosa que mal conseguia respirar. Esteve quase a ponto de se entregar. De gritar para o marido que estava no porta-malas e inventar que foi uma brincadeira, uma pegadinha, uma surpresa que queria fazer para ele, inventar qualquer desculpa, mas lhe faltou coragem.

Quando Luísa estava a ponto de se entregar, de gritar a plenos pulmões que estava escondida dentro do carro, Marcos freou o carro bruscamente. Alguns banhistas não respeitaram o sinal de pedestre e quase aconteceu um atropelamento. Felizmente, foi só uma brecada, mas Luísa percebe que perdeu seu brinco. Tenta procurar, mas não consegue, porque nesse momento Marcos acelera e, com as ruas em péssimo estado, Luísa era jogada de um lado para o outro e se segurou como podia para não ser descoberta. Acabou se esquecendo do brinco para se concentrar em se segurar. Luísa, já arrependida de ter entrado no porta-malas, pensava que sua aventura poderia acabar muito mal. Mas esse arrependimento começou a desaparecer quando Luísa conseguiu ter uma visão da rua e percebeu que aquele não era o caminho para o escritório de Marcos. Aqueles prédios, aquela paisagem não lhe eram familiares. "Pra onde o Marcos está indo?", se perguntou. Se a resposta fosse o que ela estava pensando, "talvez seja melhor eu não saber", refletiu. Mas imediatamente voltou a ter a convicção de que fosse o que fosse, ela ia descobrir.

De repente, o inevitável aconteceu. Marcos parou o carro em frente a um prédio e uma moça muito, muito bonita, sexy, perfumada, com roupas um pouquinho exageradas, entrou no carro, esfuziante.

– Vanessa, meu amor. Que saudades – diz Marcos já a agarrando como podia.

– Eu é que não aguentava mais de saudade.

Depois de Marcos beijá-la com muita volúpia, partiram, para desespero de Luísa, que via tudo na fresta do banco traseiro.

A brincadeira entre Marcos e Vanessa continuava enquanto ele dirigia. Marcos colocava a mão entre suas pernas. Vanessa ria e Luísa quase chorava, mas se controlava. Tinha que se controlar. "Calma, Luísa, calma", dizia para si mesma. Hoje eu vou tirar essa história a limpo. As gargalhadas, as brincadeiras, os beijos, sorrisos e sacanagem continuaram entre Vanessa e Marcos. Ela colocou um CD e aumentou o som. A música estava altíssima, combinando com o tesão do casal e o desespero de Luísa. Ela estava em prantos, mas tentava abafar o choro como podia. E a temperatura subia, subia até atingir seu grau máximo. O coração de Luísa disparava no porta-malas e ela não aguentou mais. Começou a chorar baixinho. No banco da frente, o casal ria e se agarrava. Marcos já estava dirigindo com apenas uma das mãos usando a outra para acariciar as coxas de Vanessa até chegar entre suas pernas. Vanessa soltou um grito de prazer. Luísa queria soltar um grito de desespero, mas se conteve. E mais gargalhadas no banco da frente. Luísa pegou seu Iphone com todo o cuidado para não se denunciar e começou a gravar a conversa.

– E Luísa? – perguntou Vanessa.

– O que é que tem?

– Quero saber.

– Ficou em casa. Tava pintando a hora que eu saí. Ela pegou essa mania de pintar quadros. Coisa mais besta, mais sem futuro.

– Dondoca precisa se ocupar com alguma coisa. Quer saber o que eu acho, Marcos? – falou Vanessa com toda a propriedade, enfiando a mão entre as pernas dele. – Eu acho, amor, que aquela sua mulher finge que é séria. Eu acho, não: eu tenho certeza. Na verdade ela é uma piranha metida, de nariz empinado, que não consegue te dar prazer como eu.

Dito isso, Vanessa deu um beijo no pescoço de Marcos e nesse momento o carro quase bateu. Evitado o acidente, os ânimos se acalmam um pouco. Se Luísa pudesse, pularia no pescoço de Vanessa e a enforcaria. Estava desesperada, chorando e tapando a boca para não fazer barulho.

De repente, o carro parou ao mesmo tempo em que o CD foi desligado. Estavam em frente a um motel. Foi nesse momento que Luísa acabou se descontrolando e fez barulho. O barulho chamou a atenção de Marcos que olhou para o banco traseiro e reparou que o encosto estava semiaberto. Ajeitou o encosto empurrando o banco com força. O banco bateu no rosto de Luísa e mais uma vez ela abafou seu grito. Dessa vez, um grito de dor.

Já dentro do motel, na garagem do quarto, Marcos e Vanessa saíram do carro e subiram pela escada se acariciando. Abriram a porta e entraram. Luísa ficou parada lá, sozinha, machucada, desesperada, arrasada. Mas naquele momento, ela só queria arrumar um jeito de sair daquela garagem e de recuperar um pouco de sua dignidade. Enquanto tudo isso passava pela sua cabeça, a porta da garagem estava sendo fechada por um dos empregados do motel.

Silêncio total. Há somente o carro naquela garagem. Luísa, depois de alguns segundos, sai do carro que havia sido esquecido aberto e dentro da garagem do motel fica sem saber o que fazer. "Como é que eu saio daqui?", pensou enquanto olhava ao redor. "Uma luz, uma ideia, é do que eu preciso." Luísa não via saída. Diante de tudo o que viu e ouviu não conseguia pensar, não conseguia raciocinar. Estava desesperada. Encostou na porta do carro e foi deslizando lentamente para baixo. Caiu sentada no chão da garagem do motel onde seu marido a estava traindo com aquela vadia, e chorava compulsivamente. Mas mesmo sendo o choro compulsivo, Luísa conseguia abafá-lo para não ser descoberta. "Era só o que me faltava", pensava Luísa, "ser pega aqui". Nesse momento, uma porta lateral se abriu e apareceu uma faxineira, Gladys, usando o uniforme do motel, com balde, rodo, vassoura e pano de chão na mão.

Gladys era uma mulher de uns 65 anos. Uma mulher forte, que fala alto, e muito valente. Se precisar, ela parte para a briga.

– Posso saber o que você tá fazendo aqui, garota? – perguntou Gladys.

E Luísa, quase sem conseguir falar, respondeu:

– Meu marido tá lá em cima com uma vagabunda.

– Já saquei tudo, garota, você seguiu o cara até aqui.

Entre prantos e soluços, Luísa novamente respondeu:

– Foi isso mesmo.

– Puta merda! Olha só! Mas o que é isso, menina? Não fica assim! Levanta, vem cá! Não tem homem no mundo que mereça suas lágrimas. Você é linda. Para! Para! Será que eu posso te ajudar?

Luísa abraçou Gladys sem pensar e aos poucos foi se acalmando. Nunca havia pensado que passaria por uma situação dessas. Estava abraçada a uma faxineira na garagem de um motel, contando tudo o que aconteceu, como entrou no carro, como descobriu a traição de Marcos. Contou todas as humilhações pelas quais tinha passado naquela manhã. E Gladys, pacientemente, ouviu todo o relato.

– Segura firme – aconselhou Gladys –, não vai marcar bobeira e dar vexame. Fazer um escândalo ridículo só vai te atrapalhar. Fica calma. Se você quer mesmo pegar ele, espera chegar em casa. O bom cabrito não berra. Fica na tua, você tem que se garantir. Vou te ajudar a sair daqui. O porteiro é meu camarada. Vou falar com ele pra te aliviar, porque mulher não pode sair sozinha de motel.

Gladys já tinha toda a situação sob controle, mas percebeu que, apesar de ter dado todas as dicas para Luísa, e ter facilitado a vida de sua nova amiga, alguma coisa estava acontecendo e perguntou:

– Tudo bem? Tem alguma coisa pegando?

Luísa, sem jeito, explicou o que estava acontecendo.

– Tá tudo bem agora. Mas tem um problema. Eu não tenho dinheiro para voltar para casa. Não deu tempo de pegar.

– Toma aqui 3 pratas e um chinelo – disse Gladys. – O dia que você tiver com um cara legal, traz ele aqui, e aí você me paga. Qualquer problema liga pro meu celular. Toma o número.

E Luísa acabou descobrindo um anjo salvador que a ajudou num dos piores momentos de sua vida. Esse anjo, chamado Gladys, a tirou do motel, deu o dinheiro do ônibus e evitou que ela fizesse um escândalo ou que fosse descoberta. Ela evitou que Luísa passasse por uma humilhação maior ainda.

O ÔNIBUS

Luísa saiu do motel completamente atordoada, pensando se tudo o que ela vira, se tudo o que ela presenciara não tinha sido sua culpa. "Vai ver a culpa é minha mesmo", pensava. Mas ao mesmo tempo sabia que não era verdade. Caminhava na avenida Niemeyer com os três reais que Gladys tinha lhe dado nas mãos e a cabeça cheia de pensamentos ainda mais confusos: "Será que isso só aconteceu hoje e eu estou imaginando coisas?" Luísa queria desesperadamente achar uma justificativa, uma desculpa para não ter que enfrentar o agora inevitável: o confronto com Marcos e talvez o fim de seu casamento, que mal havia começado. "Como é possível?", sofria Luísa. "Nós praticamente estamos em lua de mel. Será que a culpa é daquela piranha? É claro que não. Se houver alguma culpa, será única e exclusivamente dele. Marido safado."

Luísa esperava um ônibus para poder voltar para casa. Depois de tanto tempo, entraria dentro de um ônibus novamente. Parecia outra vida. A ideia ao mesmo tempo a apavorava e a fascinava. Tantas experiências em um dia, em algumas horas. Era loucura. O porta-malas, o marido, a amante, o motel, a garagem, a faxineira e, finalmente, o ônibus.

Os ônibus passavam lotados. Luísa fez sinal para um e ele não parou. Teve que esperar mais. O único dinheiro de que dispunha eram os três reais que Gladys havia lhe dado. É claro que Luísa poderia tomar um táxi e, ao chegar em casa, pegar o dinheiro para pagar e não precisar passar por todo esse sufoco. Mas a ideia de pegar um ônibus novamente a fascinava. Ela não sabia por que, mas a fascinava. Aquelas pessoas todas apertadas em um pequeno espaço de alguma forma a atraíam naquele momento. Nem ela entendia o motivo, mas sentia que precisava estar ali.

Finalmente um ônibus parou. Foi um sufoco para Luísa entrar de tão cheio que estava. Passou a catraca, pagou e pegou o troco. Pediu licença para as pessoas e era empurrada de um lado para o outro. Não tinha o que fazer. As sensações continuavam. Ela experimentou um misto de medo e deslumbramento. Ela se segurou no corredor como pôde, espremida entre vários homens. Luísa se acomodou, respirou e, pela primeira vez, reparou nos passageiros. Reparou nos homens que estavam à sua volta. Eram vários homens, de todas as idades, de todas as raças. Gordos, magros, bem-vestidos, malvestidos, tradicionais, descolados, malandros, safados, gentis. Havia homens para todos os gostos.

E a viagem continuava. Luísa balançava ao sabor do ônibus. Estava hipnotizada e até meio anestesiada prestando atenção na sua aventura, na sua primeira viagem de ônibus pelo Rio de Janeiro depois de tanto tempo.

O homem que estava na sua frente enfiou a mão no bolso do paletó e desta forma, quando puxava o braço, encostava o cotovelo no seio de Luísa. Ela sobressaltou-se e quase gritou de revolta contra aquele desrespeito e constrangimento, mas respirou fundo, contou até dez e não fez nada. O homem percebeu que Luísa não teve coragem de reclamar, escondeu um sorriso de satisfação ao mesmo tempo em que fingia para as outras pessoas que estavam dentro do ônibus que nada estava acontecendo. O homem lentamente pressionava o cotovelo um pouco mais no seio de Luísa, que sentia neste momento um misto de ódio, indignação e prazer. Muito prazer. Um prazer diferente.

Um pedestre resolveu atravessar fora da faixa e não viu o ônibus vindo em sua direção. Algumas pessoas próximas ao motorista veem o rapaz que estava a ponto de ser atropelado. Alguns se comovem. Outros já pensam quanto tempo perderiam de suas vidas caso a tragédia acontecesse. O motorista deu uma freada brusca e um rapaz, mulato, alto, forte e bonito, que estava atrás de Luísa, colou o seu corpo no dela.

A tragédia foi evitada, mas Luísa estava em um sanduíche. O rapaz cada vez mais colado a ela e o homem da frente pressionando cada vez mais o cotovelo contra seus seios. Luísa estava paralisada. Não sabia bem o que estava sentindo. Toda aquela nova situação lhe provocava novos sentimentos, sentimentos contraditórios. Ao mesmo tempo em que ficava indignada por estar sendo assediada, sentia um prazer imenso e também se sentia lisonjeada por ser cortejada, mesmo que de uma forma meio incomum.

O mulato excitado começou a roçar seu pênis discretamente em Luísa. Ela estava sentindo mais e mais prazer. O ônibus avançava e o rapaz se esfregava, mais e mais ao longo do caminho, até que uma curva apareceu e todo mundo saiu do lugar. O ônibus retomou a trajetória e todos voltaram às posições originais. Mas aquele movimento brusco fez com que voltasse à realidade. Assim que o ônibus parou num dos pontos, ela conseguiu um assento no corredor. Respirou aliviada, mas quando percebeu, seu rosto estava na altura da cintura de um outro homem que estava em pé segurando a barra do ônibus. A braguilha ficou na altura da boca de Luísa. De repente, o ônibus fez uma curva inesperada e todos os passageiros foram jogados para o lado. O homem em pé bateu no rosto de Luísa, que já não sabia mais o que fazer. Ela pensou em se levantar, pensou em descer, pensou em ficar. E mais uma curva se aproximava. Novamente, os passageiros foram jogados para o lado e, mais uma vez, o homem em pé bateu a braguilha em seu rosto. Luísa voltou à realidade quando viu o ponto do ônibus perto de sua casa se aproximar. Ela se levantou para descer. Deu o sinal e desceu. Mas estava ainda em transe, fascinada com aquela viagem maravilhosa, com aquela aventura. Uma viagem essencial. Seus dois companheiros de viagem, o mulato e o homem dos cotovelos mágicos olhavam pela janela. Luísa, num olhar de despedida, sorriu para eles e eles não tiraram os olhos dela até o ônibus desaparecer. Ela foi em direção à sua casa. Todas essas pessoas continuariam com suas vidas, mas a vida de Luísa nunca mais seria a mesma. Sua vida tinha começado a mudar quando saiu daquele motel arrasada, humilhada, fez sinal para esse ônibus, e fez essa viagem de volta para casa.

Veio ao pensamento de Luísa a personagem Barbarella, a grande heroína que vive sua saga num tempo que a mulher só tinha um caminho: seduzir homens. Não havia outro jeito.

Mas hoje ela poderia ser diferente, pois o papel da mulher é realmente colocar os homens em seus devidos lugares, aos seus pés.

DISCUTINDO A RELAÇÃO

Luísa entrou em sua casa, pés descalços, cansada, mas em estado de graça por causa daquela viagem de ônibus. Lembrava-se de todos aqueles homens a desejando, mesmo de uma maneira cafajeste, sem nenhum romantismo, de uma maneira quase suja. Quando Luísa se lembrou de cada homem dentro daquele ônibus, a imagem de Marcos e Vanessa voltou imediatamente e ela correu para o banho. Precisava se lavar, precisava de água para esfriar a sua cabeça e pensar com mais clareza.

Enquanto Luísa tomava banho em casa, angustiada diante da revelação da traição do marido, Marcos, no motel, abriu o chuveiro, deixou a água escorrer por algum tempo, aumentou a balada romântica que estava tocando no rádio e entrou embaixo da água para uma chuveirada. O marido estava feliz, satisfeito. A esposa, infeliz e angustiada.

Enquanto Marcos tomava banho, Vanessa aproveitava para examinar a carteira do amante.

– Quando a gente se vê de novo, Marcos? – falou Vanessa enquanto procurava alguma coisa.

– Logo, meu amor – respondeu Marcos quase gritando, por causa do volume da música.

– Eu não quero esperar muito tempo. Você sabe que eu sinto demais a sua falta – falou Vanessa enquanto retirava o talão de cheques da carteira de Marcos e separava uma folha, sempre olhando em direção ao banheiro para controlar os passos de seu amante.

Em casa, Luísa recebeu um telefonema da mãe:

– Minha filha, tenha paciência. Os homens são assim. O importante é você salvar seu casamento. Esquece essa mulher.

Luísa não queria ouvir esse tipo de conselho. Não precisava desse tipo de conselho. Resolveu então escrever para Mônica. Abriu seu laptop, entrou na sua página do Facebook e viu que ela estava on-line. Luísa escreveu uma mensagem só para Mônica, não teria sentido compartilhar aquele humilhação com todos na rede social. Seria motivo de chacota, de pena, de comentários maldosos, enfim, não queria isso. Mas com Mônica era diferente.

"Minha amiga, acabei de saber que o Marcos tem uma amante. Me trai com uma piranha que eu tenho certeza que só tá a fim do dinheiro dele."

No motel, Vanessa tentava reproduzir a assinatura de Marcos na folha do talão de cheques que tirou da carteira dele, usando a identidade do amante, que continua no chuveiro. Marcos estava tão feliz, tão relaxado que cantava a música que estava tocando no rádio. Vanessa pensa: "E ainda por cima, canta mal." Continou tentando reproduzir a assinatura do amante.

Em casa, Luísa recebeu a resposta de Mônica.

"Você tem certeza?"

E Luísa respondeu escrevendo: "Eu vi com meus próprios olhos, minha amiga. Foi a maior humilhação e decepção que eu já passei na vida."

"Não vá deixar isso passar batido, Luísa. Se você fingir que nada aconteceu, ele vai arrumar outra e outra e outra", escreveu Mônica com toda a propriedade de quem entende do assunto.

"Eu não pensei em deixar barato. Mas o que será que ele viu naquela piranha?", respondeu às lágrimas.

– Eu acho que a gente pode se ver amanhã, Vanessa – gritou Marcos do banheiro.

– Amanhã... – respondeu Vanessa anotando no verso do cheque o CPF, RG e telefone de Marcos. – Amanhã, não vai dar, meu amor. Vou sair para fazer compras com a minha mãe – disse, beijando o cheque. – Você sabe como ela é. Precisa de minha companhia pra tudo. – E guarda o cheque na bolsa.

Luísa era definitiva. Estava decidida. "Ele vai ter que me explicar tudo assim que chegar em casa, Mônica. De hoje não passa." Luísa fechou seu laptop e foi se preparar psicologicamente para a chegada do marido em casa, à noite.

E parece que a noite não chegava nunca. O dia custou a passar e Luísa teve vontade de ligar ou pegar seu carro e ir até o escritório de Marcos diversas vezes, mas se controlou. Nem o telefone e nem o escritório eram bons lugares para se resolver esse problema. Então ela esperou. Esperou, esperou e esperou. Se armou de paciência e esperou até que, finalmente, o carro de Marcos apareceu na entrada da garagem e Luísa desceu correndo para a sala.

Assim que Marcos abriu a porta de casa e colocou o pé na sala, Luísa perguntou categoricamente:

– Onde você esteve hoje?

Marcos, irritado e surpreso, respondeu:

– Olha, hoje não. Eu estou exausto. Trabalhei demais, e depois de um dia como este eu mereço descanso. Mas, por que a pergunta?

Luísa mentiu:

– Liguei para o seu escritório e você não estava lá.

Marcos tirou o paletó ainda mais irritado e o jogou numa cadeira com violência, num gesto claro de intimidação, para fazê-la parar com as perguntas.

– Estava em uma reunião de negócios importantíssima. Eu trabalho, Luísa. Sustento essa casa, sustento seu luxo. Eu trabalho.

Luísa fria e direta afirmou:

– Você está mentindo!

Então Marcos ficou enfurecido.

– Você não ouviu o que eu disse. Eu trabalho muito, sabia? Me sacrifico. Tudo isso, como eu também já disse, para manter nosso padrão de vida, e não aceito insinuações e nem ciúmes.

Luísa o provocou mais ainda, não satisfeita com sua resposta.

– Marcos, seja homem! Quero ver se você tem coragem de dizer onde você esteve o dia todo!

Marcos nesse momento percebeu que Luísa estava escondendo algo, que ela sabia de alguma coisa e tentou virar o jogo não se deixando intimidar. Berrou descontrolado.

– Eu sou o homem da casa. Estive trabalhando duro todo o dia!

Agora quem gritava descontroladamente era Luísa:

– É mentira!

Marcos, totalmente fora de si, e com medo de ter sido descoberto, caminhou em direção à Luísa e a segurou com força pelos ombros. Luísa sentiu medo, lembrou imediatamente como Marcos podia ser violento. Lembrou-se de sua noite de núpcias. Tentou se soltar, mas Marcos continuou segurando-a com força. Marcos notou a falta do brinco de Luísa.

– Onde está o brinco que te dei? – pergunta. – Por que você está usando brinco numa só orelha? Onde está o brinco que te dei? – insiste Marcos, numa tentativa de mudar o assunto, virar o jogo, ter o controle da situação.

Luísa, enigmática, lembrou onde perdeu o brinco: no porta-malas do carro. Mas não contaria para Marcos. Luísa não recuou, encarou o marido e disse com voz firme:

– Seja homem, para de mentir!

Marcos, cada vez mais descontrolado, gritou com Luísa:

– Me respeita! – E deu dois tapas na cara de Luísa que perdeu o equilíbrio e caiu chorando por cima da mesa de centro, quebrando algumas peças, entre elas um cinzeiro de Murano que ela amava. Mas o estrago foi ainda maior quando ele levantou o braço novamente para bater nela e esbarrou em um vaso, que caiu em cima de um porta-retratos com a foto de Luísa e Marcos, felizes no casamento, que também se quebrou. O vidro se partiu em mil pedaços, e os cacos cobrem a foto do casal sorrindo. Luísa não conseguia tirar os olhos da sua foto de casamento no chão. Ela se levantou, chorando, com um filete de sangue escorrendo pelo lábio inferior. E mais uma vez enfrentou o marido.

Com voz chorosa, trêmula, fala:

– Bater numa mulher não faz de você um homem! Faz de você um covarde! Um covarde que tem medo de falar a verdade! Eu gravei! Eu gravei toda a sua conversa! Quer ouvir? É a prova da sua traição. – E Luísa liga o Iphone para reproduzir a conversa:

– *E Luísa?* – pergunta Vanessa.

– *O que é que tem?*

Marcos escutou a conversa atônito. Tentava pensar no que fazer. Tentava achar uma saída. Mas não conseguia pensar em nada. E a conversa entre ele e Vanessa continuava.

– *Quero saber.*

– *Ficou em casa. Tava pintando a hora que eu saí. Ela pegou essa mania de pintar quadros. Coisa mais besta, mais sem futuro.*

– *Dondoca precisa se ocupar com alguma coisa. Quer saber o que eu acho, Marcos?* – falou Vanessa com toda a propriedade. – *Eu acho, amor, que aquela sua mulher finge que é séria. Eu acho, não: eu tenho certeza. Na verdade ela é uma piranha metida, de nariz empinado, que não consegue te dar prazer como eu.*

Marcos já não sabia mais o que fazer e gritou autoritário e arrogante:

– Você tá me vigiando? Isso é um absurdo! Eu exijo respeito. – E saiu batendo a porta com violência, fazendo um grande estrondo.

Apesar de magoada, Luísa se sentiu forte. Ela podia ter sido enganada, chifrada e humilhada, mas foi do fundo desse poço que conseguiu finalmente olhar para cima. E lá em cima havia luz.

Imediatamente, sentiu uma vontade incontrolável de colocar seu salto mais alto e de sair pela rua, respirar novos ares. Lembrou-se da personagem Barbarella, que usou toda a sua sensualidade como arma contra os homens. Ser mulher, de repente, lhe pareceu o oposto do sexo frágil. Era o sexo perigoso e ia mostrar do que era capaz...

O VELHO TARADO

No dia seguinte, Luísa observava o mar, pensando na vida, no que fazer com seu casamento depois de tantas revelações. A traição, a violência de Marcos, a falta de coragem em lhe dizer a verdade, em confessar de uma vez por todas que estava com a amante no motel. Luísa estava completamente perdida. Não sabia o que fazer, como agir. Não sabia se o pressionava, se tentava se reconciliar, se o perdoava. Ou se libertava-se de vez daquele casamento infeliz e partia para a luta.

Seu laptop, que sempre a acompanhava, estava aberto na página do Facebook. Luísa ficou olhando aquela página, curtiu algumas fotos e brincadeiras que seus amigos postaram e compartilhou uma foto em que havia uma criança desaparecida. Sentia-se útil assim. "Já que não se tem tempo de ajudar quem precisa no mundo real, podemos ajudar no mundo virtual." Era o que Luísa respondia para quem lhe questionasse a eficiência das redes sociais. Pensou em escrever alguma coisa, postar um pensamento, uma foto, mas estava sem nenhuma vontade. Em vez disso, olhar aquela página, aqueles amigos, lhe deu certa angústia e Luísa pensou: "Será que estou tão carente que não consigo mais viver sem me conectar o dia inteiro com amigos virtuais?" Mas logo afastou esse pensamento de sua mente. Tinha coisas muito mais importantes para pensar.

"E Marcos? Onde está o Marcos? Ele não voltou ainda pra casa. Será que ele volta?", essa dúvida a estava atormentando. E como ela não teria uma resposta, resolveu ir se deitar. Lembrou-se de um ditado: nada como um dia depois do outro e uma noite no meio.

E Luísa dormiu. Mas não teve um sono tranquilo porque, mal fechou os olhos, teve um pesadelo horrível.

De repente, ela se viu em um labirinto formado de grandes galerias de água, esgotos e sombras. Galerias tão sombrias que dariam arrepios, medo e pânico ao mais valente dos homens. Luzes apareciam e desapareciam na frente dela conforme ela andava pelo labirinto, e o ambiente era basicamente formado de sombras e escuridão.

Luísa parou por alguns instantes, numa tentativa de se localizar, de descobrir onde estava e achar a saída. Aquele lugar lhe oprimia, lhe angustiava, lhe atormentava. Voltou a caminhar com cuidado. Tentava ver onde estava pisando, tentava não encostar-se às paredes sujas, tentava reconhecer algum lugar, mais não conseguia. Um pequeno raio de luz que aparecia e desaparecia por entre as sombras lhe chamou a atenção e Luísa avistou Eros, um homem velho, trajando uma calça preta curta com suspensórios, camisa branca e uma capa de chuva. Suas sobrancelhas eram enormes e seu olhar perverso. Luísa viu um vulto que se aproximava da luz.

De repente, ela estava acuada numa parede de pedra, vestindo uniforme de normalista, saia azul plissada, blusa branca, sapatos sem salto de cor preta e meia branca. Luísa estava em pânico ao ver Eros muito próximo a ela. Ele deu uma estrondosa gargalhada, tão forte que ecoava pelos corredores do labirinto.

Luísa, desesperada começou a gritar:

– Eu quero sair! Socorro! Eu quero sair daqui! Socorro!

Eros olhou para Luísa, a observou cuidadosamente e riu mais ainda. Luísa gritou ainda mais desesperada:

– Eu quero sair daqui! Eu preciso voltar pra casa! Socorro! Socorro!

Eros calmamente falou em tom professoral:

– Luísa, presta atenção no que eu vou dizer: eu estou falando sério. Não adianta gritar. Pode gritar à vontade. Vai, grita mais! – E dá mais uma gargalhada estrondosa.

Luísa estava em pânico, já com a roupa meio rasgada, meio molhada por causa do esgoto. Ela estava desarrumada, descabelada, com a maquiagem borrada, e um pedaço da saia tinha acabado de cair.

Eros, mais uma vez, falou com toda a calma e certa ironia:

– O que foi? Está com medo? Não adianta ter medo. É melhor você tentar relaxar. Porque, é claro, não adianta correr. Você não tem pra onde correr. Está tudo dominado! É isso mesmo. Tuuuuuuuuudo dominado. – E em tom solene, concluiu: – Eu vou ser muito claro e objetivo! Eu só quero três coisas! Quero saber a cor da sua calcinha, eu quero vê-la e quero levá-la.

Luísa, cada vez mais aterrorizada, gritou:

– Você está louco? Me deixa ir embora, seu tarado!

Luísa saiu correndo, passando por Eros, que correu atrás dela. Ela escorregou numa poça d'água e caiu no chão. Estava destruída. Levantou-se, totalmente rendida.

Pensa: "E agora?" Luísa via Eros se aproximando. Estava nervoso e trêmulo por causa da corrida. É um velho, para ele é muito difícil correr. As pernas, os músculos não lhe obedeciam mais. Deu um ultimato:

– Chega! Para! Cala a boca e escuta! Minha paciência está chegando ao fim. E aí a coisa complica. Até agora é brincadeira. Chega! Eu só quero três coisas. Agora! Qual é a cor da calcinha? Fala! Fala logo!

Luísa, outra vez sem saída, falou com raiva:

– É vermelha, é vermelha!

Eros ficou encantado:

– Eu quero que você mostre a calcinha vermelha.

Luísa, mais desesperada, tentava manter o controle. Levantou a saia plissada e mostrou a calcinha vermelha. Eros estava deslumbrado com aquela cena de grande beleza e dignidade feminina. Ele se recompôs e falou com voz solene e firme.

– Agora me dê a calcinha!

– Canalha! Psicopata de merda. Eu não vou tirar nada! Prefiro morrer. Morro, mas não tiro! – gritava Luísa a plenos pulmões.

Eros estava ficando irritado. Enfiou a mão no bolso interno da capa e tirou uma faca enorme. Disse persuasivo:

– Morrer? Eu não tinha essa intenção. Eu só pedi para você tirar a calcinha e entregá-la nas minhas mãos. – Muda da agressividade para a suavidade e completa sua frase: – Mas se isso for muito difícil para você eu mesmo tiro!

Luísa resignada, gritou:

– Calma. Está bem. – E fala com voz firme: – Fique calmo que eu vou tirar...

Luísa lentamente enfiou as mãos por baixo da saia plissada e tirou a calcinha sem levantar a saia. Puxou a calcinha pelas laterais, um lado de cada vez, sem revelar nada. Entregou-a a Eros, que beijou a calcinha e começou a pular como uma criança, girando-a no ar. Olhou demoradamente para aquela peça íntima da mulher e colocou-a na cabeça, indo embora feliz da vida. Luísa começou a caminhar pelo labirinto, numa tentativa de finalmente encontrar a saída. Mas as coisas pioraram quando apareceu uma fumaça. Essa fumaça vai ficando cada vez mais densa até que tudo desapareceu e ela acordou sobressaltada com o fim do pesadelo. Quando ela se virou, viu que Marcos estava dormindo ao seu lado, como se nada tivesse acontecido. O pesadelo ainda lhe veio à cabeça e Luísa, após alguns instantes de indecisão se acordava ou não o marido, se brigava com ele ou contava o sonho terrível que teve, também resolveu dormir como se nada tivesse acontecido.

O PSICANALISTA

Havia muitos anos que Luísa não ligava para Paulo, seu psicanalista. Enfrentou uma dura fase de insegurança na adolescência e Paulo a havia ajudado a se valorizar e a descobrir de onde vinha tanta insegurança. Passada a crise, ela não sentiu mais necessidade de frequentar o consultório. Ledo engano. Havia ainda muitos mistérios de seu inconsciente a serem revelados e aqueles sonhos eram prova disso. Resolveu marcar um consulta urgente. Não queria se concentrar no seu drama doméstico. Ela não podia controlar o que lhe acontecia, nem mesmo Marcos, mas podia escolher como agir diante daquilo tudo. Por isso, resolveu concentrar-se em suas próprias emoções e desejos.

Luísa escolheu abrir a sessão com seu psiquiatra contando como foi sua viagem de ônibus. A viagem que fizera depois da humilhação que havia passado na garagem do motel quando descobriu a traição de seu marido.

O que ela ainda não havia dito ao seu psiquiatra era que essa viagem de ônibus havia sido inesquecível e que ela se sentia completamente diferente depois de ter passado por essa experiência. Por enquanto, estava se atendo unicamente aos fatos.

– Quando eu estava em pé, dois homens roçavam em mim. Um, com o pretexto de colocar a mão no bolso do paletó, encostou no meu seio. E o mulato, quando o ônibus deu uma freada, caiu em cima de mim e não saiu mais. Me perdoa a expressão, mas eu quase fui enrabada em pleno ônibus.

– E como você sentiu?

Ela teve vontade de dizer: "Melhor impossível, doutor. Eu sei que não é nada bonito dizer isso, não é o que uma mulher séria deveria dizer, que gostou de ter dois desconhecidos roçando seu corpo, mas não posso mentir. Adorei." Mas Luísa se calou. Não disse nada. Na hora H, sentiu-se envergonhada. Em vez de responder à pergunta, relembrou com prazer aqueles momentos dentro do ônibus.

O psicanalista, por sua vez, também deixou seus pensamentos voarem, sem que nenhuma expressão transparecesse em seu rosto. Ele se imaginou um daqueles homens dentro do ônibus, roçando o seio de uma mulher bonita como Luísa, ficando excitado e tentando disfarçar, ao mesmo tempo em que ele sabia que poderia gozar a qualquer momento. Mas o psiquiatra, com todo o profissionalismo, perguntou:

– E o que aconteceu depois, Luísa?

– Depois eu me sentei no banco do corredor. O ônibus estava lotado. – E novamente buscou coragem de falar: "Eu não sei por que, mas eu acho que quando o ônibus está lotado, ele está em sua plenitude. Os corpos são obrigados a se tocarem, a se roçarem. É um verdadeiro balé erótico a cada curva, a cada freada, a cada solavanco." – Aí aconteceu o pior, doutor – falou, tentando a todo custo esconder o prazer que sentiu naquele momento.

– Fale tudo. Estamos aqui pra isso – falou o psiquiatra, cada vez mais interessado na história, mas como sempre se mantendo impecável em seu profissionalismo.

– Um homem de 45 a 50 anos, cheirando a cigarro, suado e exalando um cheiro horrível, tinha a braguilha na altura do meu rosto. Aquilo era muito nojento e, quanto mais o ônibus andava, mais perto ele ficava. Eu olhei para ele e pelos seus olhos eu percebi que ele estava excitado. De repente, o ônibus fez uma curva brusca e o homem foi projetado para cima de mim. E ele bateu com o pênis na minha boca. – Luísa parou de falar. Ficou pensativa, relembrando o momento, saboreando aquele *flashback* que veio à sua mente.

– E então? – perguntou o psiquiatra. – O que aconteceu? O que você sentiu?

Luísa respondeu com cara de asco:

– Nojo! Senti nojo. Que vontade de vomitar! Eu fiquei com ódio, mas me contive. De repente outra vez, o ônibus deu uma freada e outra vez ele foi jogado em cima de mim, exatamente a parte de baixo da cintura.

O psiquiatra está mais e mais excitado com a narrativa de Luísa, mas, como profissional, tem que se manter sóbrio, distante, frio e calculista. E com essa frieza ele diz:

– Luísa, não para, continue.

– Eu já falei tudo. O que mais você quer de mim?

– Eu sei que você ainda não acabou. Você não falou tudo. Está faltando o mais importante. Você andou de ônibus na hora em que estava mais lotado, já sentou no corredor e aí o que aconteceu? Eu quero que você entregue como você realmente se sentiu, no mais profundo do seu ser. Muito além dos preconceitos e das aparências. Não tenha vergonha, diga: como realmente você se sentiu?

Luísa se levantou e começou a andar pelo consultório. Quando a sessão começou, ela tinha certeza de que iria se expor, iria contar como realmente se sentiu. Como se excitou com aquela viagem, mas agora, lhe veio um constrangimento.

– Como você se sentiu de verdade, Luísa? – insistiu o psiquiatra. – Você sabe que precisa fazer isso, precisa se abrir, se entregar.

– Eu sei, eu sei.

– Não tenha medo, Luísa.

Luísa gritou, descontrolada:

– Apesar de ter nojo, asco, ódio daquele homem com cara de tarado, mesmo assim eu fiquei muito excitada. Eu não queria, mas, eu fiquei. – De repente, não consegue mais controlar sua angústia, pega um vaso que estava na mesa ao lado e arremessa no chão para extravasar sua raiva, sua vergonha. Histérica, gritou:

– Eu fiquei mais do que excitada, eu adorei. Mas sinto vergonha do meu desejo.

– Era isso que estava faltando, Luísa, você aceitar o desejo. Agora você pode ser livre. Não é tão simples, mas é o princípio.

– Doutor, a única coisa que eu estou sentindo é nojo de mim.

E Luísa caiu num pranto convulsivo. Parou de chorar e gritou:

– Chega de preconceito. Chega de hipocrisia. Chega de mentiras. Foi ótimo. Eu adorei. Adorei! Estão me ouvindo?

BEM-VINDA AOS SITES DE RELACIONAMENTOS

Luísa estava vivendo momentos de grandes transformações interiores. Estava com vontade de fazer coisas que jamais teriam passado por sua cabeça antes. Num dos encontros que teve com Mônica para colocar o papo em dia, a amiga a questionou:

– O que deu em você, Luísa? Você sempre tão recatada. Chegava a ser careta. A gente sempre tirava sarro de você e agora...

– Não sei, Mônica, não sei. Eu só sei que vou fazer o que me der vontade. Eu, que sempre fui tão insegura, me sinto muito confiante e não quero desperdiçar esse momento.

De fato, Luísa se sentia outra pessoa, mais corajosa, sem tantos preconceitos, sem tantos pudores e disposta a realizar suas fantasias mais pervertidas, disposta a se sentir plena.

O casamento ia de mal a pior. Depois daquela discussão horrível, Marcos mal parava em casa. "Com certeza estava com a amante", pensava Luísa e quando ele estava em casa, sempre arrumava um jeito de não ficar no mesmo cômodo que ela ou de estar sempre muito ocupado. A essa altura, qualquer jogo de futebol, vôlei, basquete, até um jogo da segunda divisão era mais importante do que ela.

Com todos esses pensamentos passando pela sua cabeça, Luísa estava em frente ao espelho, começando a se despir. Tirou a blusa, o sutiã, a calça jeans, as sandálias e ficou com sua calcinha vermelha. A mesma calcinha do sonho com Eros. A calcinha que ele tanto queria. E assim Luísa se sentou à frente de seu computador: apenas vestindo a calcinha vermelha. Mas desta vez, Luísa não estava acessando a sua página no Facebook para falar com seus amigos. Ela começou a fazer uma pequena viagem através dos sites pornográficos.

O primeiro site que entrou a deixou perplexa. Claro que ela não era uma pessoa completamente inocente, casta, que nunca tinha ouvido ou visto certas coisas. Muitas vezes ela e Marcos assistiram a filmes pornográficos enquanto estavam namorando. Mas ela tinha nesse momento outro olhar para todo esse universo, o universo da putaria.

Havia vídeos de todas as formas, de todos os gostos, contos, conselhos e encontros. Passou para uma comunidade do Orkut onde se podia encontrar parceiros e parceiras para o que quisesse, para qualquer tipo de sexo.

"Pode-se ficar viajando na web dias e dias", pensou Luísa. A quantidade de sites é imensa: sites de garotas e garotos de programa, de acompanhantes, de *call girls*. "É uma verdadeira feira livre e os sites são as barraquinhas da feira", ria Luísa fazendo essa analogia. "Pode-se comprar sexo como se compra maçã", e mais uma vez gargalhava sozinha. Depois da perplexidade, começou a diversão.

Encontrou um site de anúncios que fazia liquidação de mulheres.

Pague 4 e leve 5 na promoção.

Do computador, Luísa correu para o jornal e descobriu um monte de propaganda sexual. Nunca lhe tinha ocorrido ler um anúncio desses no jornal. Ela sempre se interessou pela cultura, eventualmente por um fato político muito importante e coisas cotidianas. Ela adorava ler sobre o cotidiano do Rio de Janeiro. Mas anúncios de sexo, nunca tinha visto, pois nunca lhe tinham interessado.

Luísa leu em voz alta o anúncio de Otávio. Algumas fotos aparecem...

Havia também garotas se oferecendo. Chegava a ser engraçado não fosse tão patético.

Carolina: sou uma menina mulher, sexy, linda e extrovertida. "Extrovertida ela é mesmo", pensou Luísa, pois na foto Carolina estava sem calcinhas com as pernas bem abertas para quem quisesse ver. A descrição continuava: *Tenho um corpo perfeito e olhar cativante.* "E muito modesta também", pensou Luísa.

E outra que se chamava Luanda Souza publicou o seguinte em seu anúncio: *Conhece uma mulher gostosa? Já sonhou com ela? Já quis desejá-la? Venha me conhecer. Você vai esquecê-la no exato momento em que me ver. Depois de mim, todas perdem a graça. Venha me conhecer agora mesmo.*

E, na sessão fantasias e fetiches, Luísa encontrou esse anúncio: *Meiga, carinhosa, experiente, cheia de amor pra dar. Necessito transar todos os dias, me acostumei, não sei viver sem. Atendimento de alto nível, só para homens de bom gosto! Venha curtir comigo, eu sou completinha. Você não vai se arrepender! Venha e aproveite comigo momentos inesquecíveis!*

Luísa estava encantada com os anúncios dos garotos de programa... Eram excitantes e divertidos.

Banco o caubói, com jeans surrado, lenço no pescoço e chapéu. Pego o chicote de brinquedo e monto cavalinho em você.

Sou moleque mineiro, safado, ativo para realizar suas fantasias.

Para você que procura um garoto de programa discreto, simpático, educado e muito fogoso, atendimento de qualidade para mulheres com absoluto sigilo.

E assim Luísa foi surfando de site em site, de anúncio em anúncio, ficando cada vez mais excitada, gostando cada vez mais desse universo erótico, desse mercado de sexo, desses homens e mulheres que ganhavam a vida vendendo o corpo, vendendo prazer. Luísa sorriu novamente, pois muitas ideias começaram a povoar a sua mente. Ainda não sabia ao certo o que fazer, só sabia que precisava agir. Uma coisa era certa: a sua vida tinha mudado definitivamente.

GASPAR, GINA E LUÍSA

Gina, desde que Luísa e Marcos se mudaram para a casa ao lado, não tivera mais sossego. Ela sabia que seu marido, Gaspar, tinha verdadeira obsessão por Luísa, mas nunca acontecera nada entre eles. Luísa, na verdade, não dava a menor bola para ele, mas isso não a impedia de se aborrecer quase que diariamente.

Neste dia, Gina, após observar Marcos saindo de casa, resolveu novamente espionar Gaspar e ver se ele ainda estava de olho na vizinha. Atravessou a sala, subiu as escadas tentando não fazer barulho. Abriu a porta do quarto e surpreendeu o marido espiando pela janela. Gaspar estava tão entretido olhando Luísa, tão embasbacado pensando em todas as fantasias sexuais com ela, quem nem percebe que Gina entrou no quarto. Gina por sua vez, resolveu não brigar. Não ia adiantar. Ela precisava de uma estratégia, um plano qualquer para acabar com essa pouca-vergonha. Precisava pensar. "Alguma ideia há de surgir", supôs Gina. Ela saiu sorrateiramente do quarto, sem ser notada pelo marido.

Mas Gaspar, nesse mesmo dia, também estava cheio de ideias, de planos, de projetos. E o principal é seduzir Luísa com o estilo de vida mansa de vagabundo sustentado pelo sogro. Perseguindo Luísa como se fosse um video game...

Gaspar mandou uma mensagem de texto para Luísa. Tinha conseguido o número do celular da moça com a empregada, Fátima, que por uma pequena quantia lhe passava todas as informações necessárias. "É impressionante como todos se deixam subornar nesse país. Ô coisa boa. Facilita muito a vida da gente" e sorria com seus próprios pensamentos, que ele achava serem muito inteligentes.

Na mensagem estava escrito: "Me liga. Eu não aguento mais. E sei tudo sobre você. Sei mais do que você pensa. Numa boa. Me liga. Ninguém precisa saber. Liga logo, gostosa. Seu vizinho."

Gaspar mandou a mensagem e ficou na varanda do segundo andar de sua casa, tentando ver a reação de Luísa quando recebesse a mensagem. "Ainda bem que essas mensagens chegam quase instantaneamente. Não aguento esperar mais um segundo", pensou.

Luísa estava no jardim. Acabou de jogar a bolinha para Mel. Saiu correndo para pegá-la e jogá-la outra vez, bem longe. Luísa sentou-se à mesa para descansar e pegou o celular. Olhou. Não viu nada. Gaspar se desesperou. A mensagem ainda não tinha chegado. Luísa brincou mais um pouco com Mel e resolveu entrar em casa. Gaspar, que não havia tirado os olhos de Luísa, torcia falando bem baixinho:

– Chega, mensagem, chega.

Dito e feito. Luísa entrava em casa depois de brincar com Mel no jardim, de pés descalços, meio despenteada, linda, deslumbrante, toda iluminada pelo sol quando recebeu a mensagem.

Gaspar viu e vibrou em silêncio porque não queria chamar a atenção de sua mulher, que estava em casa. Ficou esperando.

Enquanto esperava uma resposta, um telefonema, os pés descalços de Luísa não saíam da sua cabeça.

De repente, Luísa saiu de casa, celular na mão, olhando o visor. "Está lendo a minha mensagem", pensou Gaspar. Ele tinha certeza de que atingiria seu objetivo. Como não vê nenhuma reação de Luísa, Gaspar resolve mandar outra mensagem de texto.

"Me liga, minha linda, te admiro muito. Tô morto de ansiedade. Preciso de você. Preciso ter você."

Dessa vez, a mensagem chegou quase instantaneamente. Luísa foi para o jardim sempre olhando o visor de seu celular. Recebeu no seu aparelho as mensagens que Gaspar tinha lhe enviado. Luísa leu o texto na telinha do celular com indignação. Estava enojada. De repente, olhou para a casa do vizinho e viu ao longe, meio escondido na varanda, Gaspar a observando sorridente. Luísa ficou revoltada e não sabia o que fazer para mostrar a sua indignação. Respirou para se acalmar. Olhou novamente para ele. Sua vontade era de gritar de revolta, de xingar aquele homem de todos os adjetivos, de lhe meter a mão na cara. Voltou a respirar e tentou se acalmar. Já mais calma, raciocinando friamente, Luísa analisou a situação e mudou de ideia. De repente, se transformou. Sua expressão mudou. Olhou para Gaspar com um olhar cúmplice e deu um ligeiro sorriso. Sorriso esse muitíssimo sensual. Gaspar se sentiu irresistível e pegou o celular novamente, mas dessa vez não enviaria nenhuma mensagem. Telefonaria. "Aquele sorriso disse tudo", refletiu. "Ela está afim. Ela está muito afim." E telefonou.

Depois de alguns toques, Luísa atendeu com tranquilidade e firmeza.

– Alô? Luísa, sou eu. Gaspar, seu vizinho. – E acena para Luísa de sua janela.

– Gaspar, eu vou ser rápida e objetiva, não podemos ser vistos. Mas podemos nos ver com uma condição: tem que ser no meu carro. Me encontre amanhã às três no Quebra Mar. Tem de ser do meu jeito, está claro? – falou Luísa.

– Tudo o que você quiser, minha deusa. Tudo o que você quiser. – Gaspar quase desmaia quando desliga o telefone.

No dia seguinte, Gaspar estava no Quebra Mar na Barra da Tijuca como combinado. Tinha chegado meia hora antes, de tão ansioso que estava. Não queria correr o risco de se atrasar e Luísa mudar de ideia. "As mulheres são tão volúveis", pensava, "qualquer coisa e elas já criam um problema e estragam tudo". Por isso, Gaspar chegou antes. Ele não queria dar motivo para que acontecesse algum imprevisto. Afinal, ele vinha esperando por aquele dia desde que Luísa e Marcos tinham se mudado para a casa ao lado no condomínio.

Às três em ponto, Luísa parou seu carro ao lado do de Gaspar, que entrou no carro de Luísa e partiram. O trajeto: avenida Niemeyer, em direção ao motel. O mesmo motel em que Luísa descobriu a traição do marido. Ela queria que fosse lá, naquele motel nojento, naquele lugar onde ela tinha se sentido tão humilhada. Esse primeiro encontro não poderia ser em outro lugar. Ela precisava lavar a alma, se sentir bem de novo. Durante o trajeto, não trocou uma palavra sequer com o seu vizinho e as duas ou três vezes que Gaspar tentou passar a mão na sua perna, ela foi tão firme, tão incisiva, tão determinada tirando-lhe a mão que Gaspar, completamente intimidado, resolveu esperar o momento certo.

Já na portaria do motel, Luísa pediu o mesmo quarto que Marcos usou. Por sorte, por essas coincidências agradáveis na vida, ele estava desocupado e ela poderia usufruir dele, como o marido havia usufruído. O carro partiu em direção ao quarto e entrou na garagem. Gaspar e Luísa saíram do carro e ele, muito animado, imediatamente subiu a escada de três degraus, abriu a porta do quarto e perguntou:

– Algum problema? Você não vem?

Luísa estava paralisada. Mas a voz de Gaspar a tirou do seu estado de inércia e ela, muito decidida, muito segura do que faria entra na suíte do motel com Gaspar. Passou na frente dele com tal desenvoltura que o deixou desconcertado e surpreso.

A suíte era de luxo com uma cama *king size*, espelhos por toda a parte, inclusive no teto. Era tudo em tons pastéis e a cor azul-piscina que servia de moldura era também a cor de algumas peças de decoração como uma espreguiçadeira moderna ao pé da cama. Lençóis brancos, limpos e cheirosos. Dois banheiros em branco e azul com ducha para três pessoas, três canais eróticos, sendo um GLS, CD player, frigobar, internet, piscina gigante aquecida, sauna e o mais inusitado, uma mesa de bilhar. Quando Gaspar entrou na suíte, a primeira coisa que veio à sua cabeça foi: "Vou comer essa mulher em cima dessa mesa de bilhar", mas se calou. Não ia falar, ia agir, como um macho deveria fazer. "Menos papo e mais ação", pensou.

Enquanto Gaspar pensava em todas as sacanagens que faria com Luísa em todos os cantos daquele maravilhoso quarto, na cama, na piscina, no banheiro, na espreguiçadeira e por fim na mesa de bilhar, Luísa mandava uma mensagem para Gina, mulher de Gaspar. Guardou o celular dentro da bolsa, jogou-a em uma cadeira, abriu dois botões de sua blusa e perguntou:

– Você ama a sua mulher? Ama? E se ela souber? Hein? Fala! E se ela souber que nós estamos aqui, hein? O que vai acontecer? Fala!

Gaspar ficou surpreso a princípio, depois se recuperou e disse:

– Por favor, vamos deixar minha mulher, a rádio-patroa, fora desta. Ela é uma fera. Ela nem pode sonhar com a gente. A nossa casa é do pai dela. Entendeu? Fui claro? Não dá para colocar em risco o patrimônio. Luísa, entenda: eu não posso perder essa moleza.

Luísa brincou e riu, quase deixando transparecer o nojo que sentia por este homem tão safado.

– Eu já entendi, ela é que banca tudo. Ela é patroa...

"Radiopatrulha... Estou entendendo..."

Gaspar balançou a cabeça afirmativamente, como se fosse uma vantagem.

– Essa suíte que você escolheu, por exemplo. Eu vou pagar porque sou um cavalheiro. Mas o irônico e engraçado é que ela está pagando. Entende, Luísa? Ela está pagando tudo. – Dito isso, Gaspar foi até o CD player e colocou uma música romântica. Se sentindo dono da situação disse:

– É pra gente ir entrando no clima.

Luísa apenas sorriu, olhando fixo para Gaspar. O olhar continuava determinado. Ela sabia exatamente o que queria e o que pretendia fazer.

Gaspar completou:

– Eu até agora não estou acreditando como você veio tão fácil! Deve ser porque você sabe do meu tesão por você.

E Luísa responde:

– Eu sei. Acho que você está certo. É mais ou menos isso. Você vai ver.

Gaspar abriu a camisa. Ele era um homem bonito, dono de um corpo com a musculatura toda definida. Sabia que era bonito, desejado e sabia que, quando tirava a camisa, as mulheres ficavam babando.

Gaspar, pretensioso e arrogante, diz rindo para Luísa depois de tirar a camisa:

– Gostou? Pois ainda tem mais! Você ainda não viu nada. Olha aqui agora! – E Gaspar começou a abrir a braguilha da calça sempre com um sorriso estampado no rosto e um olhar sedutor. Ele avançou para cima de Luísa, tentando tirar-lhe a roupa. Luísa se afastou sem ser agressiva e manteve a calma. Falou novamente com firmeza e segurança:

– Gaspar, eu só quero que você abra o meu zíper aqui atrás. Deixa que eu mesmo tiro a minha roupa. É como eu gosto.

Gaspar parou tudo e fez o que Luísa pediu. Ele estava sem camisa e com a calça aberta. Não usava cueca e seus pentelhos estavam aparecendo. Era uma figura quase patética. Luísa tirou o vestido lentamente, provocando-o, e colocou o vestido sobre a espreguiçadeira azul-piscina. Estava usando uma lingerie estonteante. Vermelha e preta. As cores do pecado.

Gaspar mais uma vez estava surpreso, fascinado e ainda mais excitado. Agora ele estava enlouquecido. Ele se aproximou de Luísa.

– Vem cá, meu amor.

Luísa continuava firme, segura, sensual e provocante. Respondeu falando baixo, bem no ouvido de Gaspar para deixá-lo ainda mais louco:

– Calma, eu posso fazer tudo que você quiser. Mas tem uma condição: tem uma coisa que me deixa louca e, se você aceitar fazer, eu faço tudo, tudo o que você quiser. – E, para arrematar a frase, falou com mais lascívia ainda: – Tudinho! – E enfiou a língua no ouvido de Gaspar.

Gaspar a essa altura dos acontecimentos nem raciocinava mais. Enlouquecido e excitado, falou quase gritando.

– Eu topo. Eu topo tudo o que você pedir. Pede! O que é que você quer!?

Luísa, cheia de mistério, foi até onde estava sua bolsa e, sem tirar os olhos de Gaspar, sem deixar de olhá-lo de maneira muito sedutora, pegou a bolsa, abriu e tirou um lindo par de algemas de prata. Luísa, excitada e ofegante, mostrou as algemas para Gaspar, que ficou visivelmente desconcertado. Não esperava por isso. Algemas? Ele sempre achou que ele seria o devasso, o libidinoso, o pervertido. Algemas, pensou. Mas Gaspar não perdeu a pose. Estendeu as mãos para Luísa.

– Então é isso que te deixa louca? Pode me prender, bandida.

Luísa, sorrindo enigmática, se aproximou de Gaspar, pegou uma de suas mãos e colocou a algema. Ele ofereceu a outra mão. Luísa o conduziu docemente pelo braço e o colocou encostado numa coluna no centro da suíte. Prendeu Gaspar à coluna atando uma mão a outra. Gaspar estava sentindo tanto tesão que chegou a pensar que morreria de prazer. E Luísa ainda não tinha acabado. Pegou dentro de sua bolsa uma corda prateada e amarrou os pés de Gaspar na coluna. Ele nesse momento passou do tesão para o medo. Ele estava visivelmente atemorizado e ela estava adorando a situação. Ele estava completamente imobilizado. Luísa foi até o rádio e mudou a música romântica para um funk. Arriscou alguns passos de funk, se requebrando toda. Remexendo os quadris, descendo de pernas abertas, deixando quase tudo à mostra para Gaspar. Depois desse pequeno show, se aproximou do rapaz e encostou seu corpo no dele.

– Me dá um beijo, Luísa.

Luísa aproximou a sua boca à de Gaspar, quase beijando-o, se aproximou, se aproximou muito. Os dois hálitos se misturam. Luísa sorriu e começou a se afastar lentamente. Gaspar, gritando de excitação, pediu para Luísa:

– Tira tudo! Tira! Vem dançar nua na minha frente! Vem!

Foi nesse momento que Luísa mudou de atitude. Não era mais aquela mulher sensual, sedutora, que chegou àquele motel. Luísa falava com serenidade, mas com firmeza.

– Presta bem atenção ao que eu vou te falar.

Gaspar, que percebeu a mudança de Luísa, começou a ficar apavorado, pois não sabia o que esperar. Não estava no controle da situação. Então Luísa soltou a bomba:

– Cai na real, Gaspar. Presta atenção, seu idiota, eu estou aqui só para lhe dizer que não quero nunca mais te ver. Não quero nunca mais ver essa sua cara me espionando pela janela. Nem você, nem a sua mulher. Homens como você para mim não prestam para nada. Seu merda. Nunca mais! Deu pra entender? Nunca mais.

Gaspar tomou um choque, mas manteve-se arrogante.

– Me solta daqui, você está louca? Me solta logo. Me solta que eu vou te mostrar que você precisa é de um homem. Sai dessa. Tira logo a roupa e vem aqui que, mesmo amarrado, eu posso te dar um trato.

– Eu acho bom, já que você está tão animado, você ir dar um trato na sua mulher. Parece que ela está precisando mais do que eu.

– Sua piranha! Não abra a sua boca para falar da minha mulher. Minha mulher é séria! – respondeu Gaspar completamente fora de si.

– Neste caso, vamos chamar essa sua mulher tão séria até aqui para te buscar.

– Se você fizer esta loucura, eu te mato. O que você quer? Me chantagear? É isso? Então me diga logo, quanto é que você quer. Pode falar. Eu te dou.

Luísa, com a mesma serenidade, pegou o telefone e começou a discar para Gina.

– Sabe, idiota, eu já mandei uma mensagem pra ela assim que a gente chegou, mas parece que ela não me levou a sério. Vou ter que telefonar.

E continuou a discar, enquanto Gaspar gritava, esperneava e tentava se livrar das algemas e da corda. Tudo em vão.

– Socorro! Socorro! Estão querendo me matar! Socorro!

Luísa desligou o telefone e procurou alguma coisa para tapar a boca de Gaspar. Não achou nada, tirou a calcinha e enfiou na boca dele.

– Vê se para de me atrapalhar.

Gaspar, com a calcinha vermelha e preta na boca, tentava gritar, tentava se soltar, sem sucesso. Luísa retornou ao telefone e ligou para Gina na frente de Gaspar, que estava cada vez mais desesperado.

– Gina, aqui é a sua vizinha, Luísa. Estou te ligando para você vir pegar o seu marido. Nós estamos em um motel na Niemayer.

Gina, do outro lado da linha, respondeu louca da vida:

– Sua piranha, vagabunda. Você não tem nada melhor para fazer do que ficar passando trote? Eu conheço meu marido e sei que isso não é verdade. Sua mentirosa escrota.

Luísa respondeu calmamente:

– Você realmente não conhece o seu marido. Não sabe quem ele é. Eu estou te fazendo um favor te mostrando quem ele é de verdade. De qualquer forma, se você não acredita liga para o celular dele, que eu te dou o endereço daqui.

Luísa desligou o telefone. Correu até as roupas de Gaspar e pegou seu celular no momento em que ele começou a tocar. Luísa atendeu.

– Minha querida, eu não minto.

– Sua ordinária! Já sei o que aconteceu. Meu marido perdeu o celular e você achou.

– Está bem! Eu vou te mandar uma prova irrefutável. Uma prova derradeira. Não vai ter como me contestar. Já te mando.

Luísa desligou o celular, foi até Gaspar e tirou uma foto sua. Ele estava sem camisa, com a calça aberta, algemado, amarrado e com a calcinha vermelha e preta de Luísa na boca. A figura não poderia ser mais patética. Luísa mandou a mensagem com o endereço do motel para Gina e sorriu enquanto Gaspar, desesperado, não conseguia nem se soltar, nem cuspir a calcinha.

Em sua casa, Gina recebeu a foto do marido pelo celular. Quase teve um troço. Saiu imediatamente em direção à garagem.

– Gaspar não perde por esperar, safado, vagabundo, filho da puta! – grita Gina a plenos pulmões.

Luísa continuou da mesma maneira que estava. Sem calcinha, sentada na espreguiçadeira, esperando. Gaspar continuava tentando se soltar, mas aos poucos se dava por vencido. Sabia que não conseguiria escapar dessa. Depois de alguma espera, finalmente a campainha da suíte tocou. Luísa vestiu um roupão e foi atender a porta, como se estivesse em sua casa, recebendo uma amiga para tomar um café. Gina entrou nervosa, enlouquecida e viu seu marido amarrado na coluna, com uma calcinha na boca. Foi para cima de Luísa.

– Sua piranha. Você é uma víbora. O que você fez com o meu marido? Fala, sua vagabunda! – E, perdendo totalmente o controle, tenta dar um tapa na cara de Luísa.

– Calma, Gina, calma – falou Luísa segurando sua mão com força. – Não era em mim que você devia estar batendo.

– É em você sim, sua vaca, cachorra. – Gina gritava perdendo o controle: – Vagabunda! Vagabunda de quinta!

Luísa perdeu completamente as estribeiras também e virou uma verdadeira batalha corporal entre essas duas mulheres. Luísa levanta-se enfurecida e dá uma bofetada na cara de Gina, que dessa vez cai no chão. Gina gritava cada vez mais histérica.

– Vagabunda! Você pegou meu marido. Um homem sério.

As duas se atracaram e rolaram no chão. Gina puxou os cabelos de Luísa, que lhe deu outra bofetada. Luísa empurrou Gina, que rolou até a coluna onde estava seu marido.

A campainha tocou. A porta da suíte abriu. Era a faxineira, Gladys, velha conhecida de Luísa, com balde, vassoura e pano de chão. Gladys, com os olhos completamente arregalados e absolutamente surpresa de reencontrar Luísa naquelas condições, soltou sem pensar:

– Puta merda! É você outra vez? – E apontando para Gina falou: – Essa é a piranha daquela vez? Esse é o seu marido?

As duas pararam de brigar, exaustas, cansadas, machucadas. Luísa, muito ofegante, respondeu para Gladys:

– Não, esta é a mulher deste babaca aqui, que é meu vizinho.

Gladys não entendeu nada.

A bagunça foi tão grande, o escândalo foi tão alto que o segurança bateu na porta do quarto. E Luísa, depois de tudo o que aconteceu, ainda conseguiu ser irônica.

– Movimentado isso aqui, não?

– Vamos fazer silêncio, por favor! – pediu Gladys, mas Gina não quis saber e recomeçou a gritar.

– Não pense que isso vai ficar assim, sua puta!

E Gladys, num tom ameaçador, agitando sua vassoura no ar, tomou as dores de Luísa e a defendeu:

– Olha aqui sua piranha, tu já aprontou muito com a minha amiga. Se tu não calar a boca agora, eu dou com essa vassoura na tua cara, sua descarada. – E completa: – Silêncio que eu vou resolver a situação.

Gladys saiu do quarto para explicar tudo ao segurança.

– Não é nada. É pura sacanagem dessas grã-finas. Ele pede socorro porque quer mais. Deve fazer parte da suruba. Eu só vim aqui trocar as toalhas e limpar o banheiro. Mas deu pra ver que eles estão se divertindo.

O segurança vai embora e Gladys voltou para a suíte.

– Tudo certo, Luísa.

Luísa falou muito sério para Gina:

– Fica com o teu marido, solta ele e leva ele para casa. Vê se vocês se entendem. A última coisa que eu quero é um homem como esse. Não me serve nem de capacho. Vive atrás de mim como um cachorrinho, mas cachorro eu já tenho e é muito melhor do que isso. Eu não quero nunca mais ver a cara deste traste me espiando pela janela. Pare de se enganar! Será que você não conhece a porcaria que você tem em casa?

Gladys assistiu a tudo surpresa.

E Luísa arrematou:

– Agora eu vou embora e, quando chegar lá fora, mando a chave para você soltar esse verme.

Luísa pegou suas coisas e saiu com Gladys, batendo a porta com força.

GLADYS E LUÍSA

Na garagem do motel, Gladys admirava Luísa por sua valentia de ter armado para cima do calhorda do vizinho. "Precisa ter muita coragem pra encarar o safado do vizinho junto com a mulher", pensou Gladys.

– Que coragem, menina – falou Gladys com muito orgulho. – Eu gosto assim. De mulher porreta.

Luísa respondeu:

– Obrigada. Coloquei o calhorda no seu devido lugar, ou seja, na lata de lixo. Eu fico pensando em todas as mulheres do mundo que foram humilhadas, sacaneadas, e enganadas por homens que não valem nada. E você, Gladys, já se tornou minha amiga. Parece que te conheço desde a infância. E tem mais. Eu quero te convidar para jantar comigo hoje. Que horas você sai?

– Às oito.

– Eu passo aqui para te pegar.

– Gostei, amiga. Espera aqui um pouco que eu vou lá fora liberar sua saída. E a chave pra soltar aquele bundão?

– Aqui, toma. – E Luísa entrega a chave para Gladys. – Mas espera um pouco para entregar. Eles precisam conversar.

As duas morreram de rir do comentário irônico de Luísa. Se abraçaram, se deram um beijo de despedida e Luísa entrou em seu carro. Não conseguia parar de se perguntar o que estaria acontecendo no quarto entre Gina e Gaspar.

Gladys voltou fazendo sinal, avisando que Luísa já podia sair. O carro de Luísa passou por Gladys, Luísa buzinou e acenou se despedindo. O carro partiu e Gladys foi em direção à suíte soltar Gaspar.

Na melhor suíte do motel, a confusão reinava. Gina estava inconformada.

– Você é um safado, sem-vergonha, pilantra, aproveitador e vagabundo.

– É muito fácil acabar com a imagem de um homem que não pode se defender. Eu tô algemado nessa coluna!

– E daí, seu cafajeste? Você se colocou nessa posição ridícula, canalha!

– Eu posso explicar, Gina. Aquela piranha ficou dando em cima de mim, ficou se insinuando pra mim. Eu sou homem!

– Você é um desgraçado, filho da puta, que vive às minhas custas e ainda me bota chifres! Bem que o meu pai falou que você não prestava. Mas eu, idiota, achei que era ciúme de pai. Se eu te pegar olhando de novo praquela vagabunda da Luísa, nem sei o que eu faço. O último aviso: se isso acontecer de novo, eu conto tudo pro papai e te ponho no olho da rua. Sem nada! Agora você está nas minhas mãos, seu merda.

Nesse exato momento, a porta se abriu, Gladys entrou e entregou a chave das algemas para Gina. Gladys aproveitou para mostrar sua autoridade. Não perderia essa oportunidade por nada desse mundo. A oportunidade de colocar aqueles dois bacanas no lugar deles. Gladys falou com toda a propriedade:

– Chega de palhaçada, seu casal de otários. Fora ou eu chamo a polícia. E não se esqueçam de pedir a conta para pagar. O ramal é 25.

Gaspar estava amarrado à coluna, com Gina olhando feio para ele, correndo o risco de perder a mulher e a mamata que era sua vida. Gaspar nunca se sentira tão humilhado. Gina, ao contrário, não perdia seu ar superior e tiraria as algemas do marido com toda a dignidade. Dignidade que ela acabava de recuperar depois de muito tempo perdido.

O PERFIL FALSO

Luísa não escondia sua ansiedade enquanto abria a porta de sua casa para Gladys e a recebia com todo o prazer. Tinha pedido que Fátima fizesse um jantar especial para a sua mais nova amiga. Gladys entrou na casa de Luísa maravilhada com tanto bom gosto, com tanto luxo.

– Você mora bem, hein, garota?

– Disso eu não posso me queixar. Mas te juro que eu preferia ter uma casa mais modesta e um marido mais legal.

– Quer um conselho? Fica com a casa, despacha o vagabundo e arranja um homem legal. Assim você fica com tudo. A casa e o marido novo. Porque essa história de amor e uma cabana, vai por mim, não dá certo. Quando o dinheiro sai pela porta, o amor pula pela janela.

Luísa sorriu com a filosofia de vida de Gladys, simples e eficiente. Para Luísa essa mulher era a sabedoria em pessoa.

Depois de mostrar a casa toda para Gladys e a convidada se encantar com Mel, Luísa a levou para a sala de jantar. E o jantar era realmente especial.

Começou com casquinhas de siri e patês de entrada. Em seguida, uma salada com molho de nozes e, como prato principal, um risoto de camarão e merengue de morangos como sobremesa. Tudo regado a um bom vinho.

– Tava pensando numa coisa. A gente devia dar uma lição no sem-vergonha do seu marido. Ele merece uma lição, por te tratar tão mal – disse Gladys. – Você sabe como é homem. Não pode ver um rabo de saia. Eles estão sempre perseguindo e atirando para todos os lados. É como eles dizem "o que cair na rede é peixe". Por que é que tu não testa o teu marido, Luísa?

– Testar?

– É. Vamos mandar uma mensagem pra ele, passando uma cantada. Marcando um encontro, elogiando-o, dizendo como ele é admirado... Os trouxas caem nestas pegadinhas...

– Como? Na hora ele vai saber que sou eu! Preciso bolar algo...

E Luísa não perdeu tempo. Subiu para o seu quarto e na mesma cama, com seus lençóis de cetim, onde tinha feito amor com Marcos, Luísa começou a pensar em como seria a tal mulher que assumiria o lugar dela na internet. Por que tipo de mulher Marcos se interessaria imediatamente, sem pensar duas vezes? Loira, morena, séria, atirada, culta, desbocada, pudica ou puta? Qual o melhor perfil?

Estava realmente se divertindo. Sua vida acabava de ganhar sentido novamente. Tinha alguma coisa importante para fazer: "colocar os homens em seus devidos lugares." Ela estava decidida.

Assim, resolveu fazer aquilo em que nunca pensara, mas que algumas amigas já tinham dito ter feito: criou um perfil falso na internet. Criou um gmail em nome de Raquel Moura Albuquerque – na realidade fundiu o nome de três queridas colegas de classe dos tempos do colégio São José, quando ainda morava na Tijuca, a Raquel Batelli, a Regina Moura e a Luísa

Albuquerque Lins. Uma forma de nunca esquecer essas peraltices! Código? Uma simpática fusão de seus novos nomes e sobrenomes, mais o ano do seu nascimento: ramoural.87. "Ficou bonitinho e fácil de lembrar", pensou Luísa.

Na hora de sua composição, Luísa sentiu um certo constrangimento misturado com prazer. Achou divertido ter um apelido em que tinha de certa forma a palavra "moral", embora com o "u" no meio. Mas isso agradou a ela. Preencher o perfil foi tarefa fácil. Tudo muito parecido com ela: colégios similares e a mesma faculdade.

– Então é isto! Com este perfil e o novo e-mail vocês poderão se comunicar. Se ele ficar entusiasmado e cheio de vaidade, vai acabar acontecendo. Ele é muito objetivo. Eu acho que chegou a hora de colocar os homens em seus devidos lugares. E o Marcos vai ser o primeiro. Eu garanto que vai ser uma lição inesquecível. – Gladys está cada vez mais empolgada... Tem razão, esta ele não vai esquecer mesmo...

– Assim, eu vou saber de uma vez por todas quem é o Marcos de verdade.

– Grande garota! – bradava Gladys mais e mais entusiasmada. – Você consegue criar essa "falsa identidade"?

– Claro, deixa comigo – falou Luísa extasiada com essa possibilidade de testar o marido. Essa noite mesmo eu faço tudo isso.

Primeiro passo, Luísa precisava de um rosto e, principalmente, um corpo. Ela selecionou algumas fotos que estão livres na internet. Havia mulheres de todos os tipos, cores, idades, classes sociais, descendências. "Qual escolher?", ficou na dúvida. Acabou escolhendo a foto de uma mulher muito bonita, morena, assim meio intelectual, com corpo lindo, sem mostrar muito. Discreta.

"Mas eu não vou me entregar de cara, numa bandeja. Ele vai ter que lutar", calculava Luísa. "Vou começar baseando a nossa relação em valores nobres", decidiu. E do seu IPad, manda um e-mail para Marcos dizendo:

"Marcos, você não me conhece, mas eu te conheço muito bem. Te admiro, pois além de ser um homem jovem, inteligente, empreendedor, é também, se me permite dizer, muito atraente."

– Está perfeito – disse num ímpeto. – Mas é pouco, muito pouco.

Então Luísa continuou digitando:

"Já percebi que você é um homem ativo, um profissional vitorioso e de atitude, o que realmente devia ser um exemplo para os outros. A admiração que eu sinto por você, não é apenas física, mas também profissional. Não me interesso em saber o quanto você ganha, sua posição social e sua condição financeira."

Incrível como as palavras foram chegando à cabeça de Luísa e foram formando esse e-mail que ficou exatamente como ela queria. Ela, em sua cama, estava se deliciando com tudo isso. Estava sentindo um prazer como havia muito tempo não sentia. Virou de bruços, de lado, brincando quase que nem criança e continuou digitando.

"O meu interesse em você é muito verdadeiro. E eu posso dizer que te conheço bem, pois sou amiga de uma pessoa que trabalhou durante vários anos ao seu lado. Infelizmente, eu não posso revelar o nome agora, mas quem sabe isso não muda se tivermos um encontro?"

Luísa tem vontade de fazer xixi e vai ao seu banheiro sempre com o Ipad nas mãos e sempre digitando. Não quer perder a inspiração.

"Eu quero um encontro amistoso. Estou doida pra te conhecer melhor. Você quer me conhecer pessoalmente?"

E manda as fotos da mulher que selecionou na internet para Marcos pelo seu novo e falso e-mail. Quer dar o tiro de misericórdia no marido. Escreve:

"Por favor, meu querido, eu gostaria que você apagasse tudo tão logo receba e, por favor, faça um e-mail especial, caso queira se corresponder comigo, com um nome fictício. Ponha o nome de Nick, que vem de nickname. Se vier em nome de Nick, já sei que é você. Peço isso, Marcos, porque sei que você é um homem comprometido, e eu não quero expor você de forma alguma. Vamos usar nossos nomes fictícios e assim não comprometer ninguém. Mas eu quero que você saiba o meu nome verdadeiro. É Raquel."

Marcos, ao receber esse e-mail em seu escritório, ficou completamente louco. Nem bem sabia quem era Raquel de fato, mas já estava louco por ela. Que mulher linda, deslumbrante. Ele gostava de mulheres assim, que se faziam de recatadas, mas que mandavam fotos, se insinuavam para encontros, diziam que ele era atraente. Essas costumam ser verdadeiros furacões na cama. Ele já se imaginava na cama com a mulher da foto. Marcos anotou tudo para não se esquecer de nada, apagou a mensagem que recebeu e em seguida criou um e-mail falso com o nome de Nick. Faz exatamente tudo como Luísa, agora na pele de Raquel, tinha falado. Depois de tudo resolvido, Marcos escreveu para sua futura conquista: Raquel.

"Está tudo feito como você pediu. Dessa maneira ninguém ficará comprometido. Nem eu, nem você. Sou seu escravo e já um admirador", sorria Marcos escrevendo. "Fiquei tão impressionado com o seu e-mail que não vejo a hora de te ver, te conhecer", continuou digitando Marcos. "Ficarei à sua disposição."

Luísa, no papel de Raquel, escreveu para Marcos, disfarçado de Nick:

"Estou muito feliz por você ter feito um e-mail só para nós. Um canal direto entre nós dois. É seguro para mim, também sou uma mulher comprometida. Mas é que o impulso de conhecê-lo pessoalmente e de poder estabelecer uma nova relação totalmente íntima é absolutamente incontrolável."

– Genial! – comemorou Luísa num ímpeto dentro daquele quarto, sozinha e feliz. – Está feito, minha amiga. Acho que ele caiu como patinho. Qual o próximo passo?

E Gladys respondeu também muito animada:

– Manda mais um e-mail e desta vez marcando um encontro, num motel muito discreto na avenida Niemeyer.

– Não tá muito em cima, Gladys? – perguntou Luísa preocupada. Ela não queria estragar tudo por causa de uma precipitação.

– Não. Esses encontros são assim mesmo. Quando é sacanagem, é claro.... O homem deve tá louco. Não vamos perder essa oportunidade. Você marca o encontro no Quebra Mar como da outra vez e garanto que o seu marido nunca mais vai se esquecer desse dia.

Luísa se despede de Gladys e vai se deitar, satisfeita. Marcos ainda não tinha chegado em casa e já era tarde da noite. "Deve estar com mais uma de suas amantes", pensou Luísa. E, com muita determinação, fala para si mesma: "Mas ele não perde por esperar."

Luísa pegou rápido no sono, mas não foi um sono tranquilo. Mais uma vez, o vestido de noiva apareceu em sua vida. Tem o mesmo sonho da pessoa misteriosa que usa seu vestido de noiva e se revela ser Marcos.

O que Luísa pôde concluir desse sonho recorrente é que não conseguiu ainda se livrar do trauma da noite de núpcias em que foi praticamente estuprada.

Luísa se levantou para beber um copo d´água com a consciência do que a estava perturbando. Sabia que tem que superar esse trauma para ser feliz. Antes de voltar para a cama sozinha, porque Marcos ainda não havia chegado, resolveu se dar um presente. Sentou-se na frente de seu computador e começou a navegar por sites de vestidos de noiva. Depois de muito procurar, encontrou um vestido muito parecido com o que estava usando no dia do casamento. Comprou o vestido. O prazo de entrega era de dois dias. Foi dormir satisfeita, nem ela sabia muito bem por quê. A compra do vestido lhe fez muito bem. Estava pronta para o dia seguinte.

A ARMADILHA PARA O PRÍNCIPE

No dia seguinte, como combinado, Marcos chegou e estacionou o seu carro. Desceu. Estava ansioso no Quebra Mar esperando por Raquel. Também não queria correr o risco de perder aquela mulher que mais uma vez o fez perder o sono. Só pensava nela, só queria aquela mulher que, apesar da aparência recatada, tinha sido uma das mulheres mais atiradas e objetivas que ele já havia conhecido. Luísa dormia na mesma cama, mas para ele, naquele dia, sua mulher, sua esposa não tinha a menor importância. Ele queria Raquel. Marcos não teve que esperar muito. Na hora exata em que o encontro foi combinado, apareceu o carro dela, um Audi preto. Marcos entrou no carro e se depara com uma grande, uma imensa surpresa. Quem chega de carro, como motorista, é Gladys, e não aquela mulher deslumbrante que esperava. Gladys sorriu cordialmente para Marcos que estava visivelmente assustado e falou:

– Pode ficar tranquilo. Eu sou a secretária da dona Raquel e vou te levar ao local do encontro.

– Mas por que ela não veio? – Marcos perguntou muito desconfiado. Se o carro não estivesse em movimento, talvez ele tivesse até saltado. Mesmo estando curioso, excitado, completamente a fim da bela mulher que tinha mandado a foto para ele no e-mail.

– Dona Raquel é uma mulher muito importante e muito discreta. Não pode correr riscos de aparecer num carro com outro homem. Relaxe, senhor, nós já estamos quase chegando, por favor coloque o cinto.

Marcos ainda tinha muitas perguntas para serem feitas, mas Gladys criou uma barreira entre eles imediatamente. Mal olhava para Marcos. Sua atitude era muito profissional. Uma ou duas vezes, Marcos até tentou puxar papo.

– Você trabalha há muito tempo com ela?

E as respostas de Gladys sempre foram monossilábicas.

– Muito.

– Onde ela trabalha?

– Ela te dirá.

E encerrou o assunto. Marcos não teve coragem de lhe perguntar mais nada.

Enfim, o carro chegou ao motel. Eles entraram e estacionaram na garagem de uma suíte. Era o mesmo motel que ele havia se encontrado com Vanessa, o mesmo quarto. Marcos achou coincidência demais. "Será possível?", pensou. "Existem milhões de motéis, de hotéis, nessa cidade e ela marca no mesmo motel que eu frequento?" Rapidamente ele encontrou uma explicação lógica para tal coincidência. "A tal amiga da Raquel que trabalhou comigo. É isso. Só pode ser. Ela deve ter dito qual motel eu gosto. Todo mundo sabe no escritório. Ela quis me fazer uma surpresa, quis me agradar." E tendo achado essa explicação, Marcos relaxou e só começou a pensar em uma coisa: que iria comer aquela mulher em todas as posições possíveis e imagináveis. Gladys o tirou de seus pensamentos.

– Ela está te esperando no quarto – diz Gladys sorrindo. – Aqui, por favor.

Marcos entrou seguido por Gladys e não via Raquel.

– Você não disse que ela estava aqui à minha espera? – Marcos pergunta, já irritado.

– Eu tenho uma surpresa pra você, meu querido.

– Não estou gostando nada disso. Quer saber? Vou embora – diz Marcos decidido e irritado por ter perdido tempo.

– Ninguém vai sair daqui antes de saber a surpresa.

– Fala de uma vez – falou Marcos já sem nenhuma paciência e começando a ficar agressivo.

– Eu sou a Raquel. Você marcou foi comigo mesmo. E agora nós vamos transar. Não é assim que funciona? – sorriu Gladys mostrando seus dentes amarelados de tanto cigarro e café.

Marcos totalmente surpreso e perplexo gritou:

– Você é louca. Não vou transar com você de jeito nenhum. Sua maluca, sua vaca velha, saia daqui! Fora! Eu não tenho nada com você. Vou me mandar daqui...

Quando Marcos estava quase chegando à porta de saída do quarto, o segurança apareceu e barrou sua saída. O mesmo segurança da outra vez, compadre de Gladys. O segurança falou firme e com toda a tranquilidade, intimidando Marcos:

– Escuta bem e cala a boca. Nós temos tudo sobre você. Você vai transar, sim. Podemos entregar tudo. Já fotografamos e podemos mandar tudo para sua mulher. Se você quiser bancar o valente, você vai se arrepender, ou seja, além tomar uma bela surra, ainda vamos te entregar pra sua mulher. O nome dela não é Luísa?

Marcos estava desesperado.

– Não, não, de jeito nenhum. Eu vou chamar a polícia. Vou colocar vocês dois na cadeia! Isto é chantagem. Eu vou acabar com vocês, mas com essa piranha velha eu não transo.

– Cai na real, palhaço – fala Gladys também com toda a tranquilidade e rindo. – Você vai querer as fotos nas redes sociais, no youtube? Você vai querer a sua transa com a piranha que não era sua mulher e que você comeu nessa cama? Você quer que todo mundo veja?

Marcos estava atônito, estarrecido com tudo o que estava ouvindo, com aquela situação em que estava metido. Novamente o segurança falou com muita tranquilidade:

– Vou deixar vocês sozinhos. Se eu tiver que voltar aqui outra vez, se ela bater na porta para me chamar... Eu vou te dar uma surra. Você vai acabar no hospital hoje de tanto que você vai apanhar. Entendeu, malandro? Você vai ter que resolver essa situação. Você não gosta de comer mulher na rua?

O segurança saiu. Gladys agradeceu a gentileza e Marcos tremia, suava nervoso, e já começava a entender que não ia ter como não fazer o que lhe estava sendo imposto. Então Gladys falou:

– E agora? Vamos ou não vamos transar? Eu quero te dizer o seguinte: nós não vamos transar de cara feia, não. Nós não vamos transar mal-humorados, não. Você vai transar legal comigo. Você tem que começar a rir agora. Você vai achar ótimo. Você vai me chamar de meu bem. Você vai começar a tirar a minha roupa. Vai me beijar na boca, ouviu, seu otário?

Marcos estava paralisado. Não conseguia dar nenhum passo, não conseguia falar, não conseguia reagir, não conseguia sequer pensar. Estava acuado. Gladys continuou com suas exigências.

– Você não veio aqui pra tirar onda comigo, não. Eu quero é beijo na boca. Carinho e elogios. Tá escutando? Ou você quer que eu bata na porta outra vez?

Marcos apenas olhou Gladys. Pensou: "Que mulher feia. A última coisa do mundo que poderia me ocorrer seria transar com uma velha horrorosa e baranga..." Sua expressão é de desespero, pânico, mas, ao mesmo tempo, um ódio que ele tenta conter transparece em alguns momentos. Gladys realmente não estava preocupada com isso. Que ele sentisse ódio, raiva, asco, náusea, nojo. Nada disso importava para ela, que continuava desfilando as suas vontades no nariz de Marcos.

– Isso aqui é o seguinte: armei pra você. Vocês, homens, não vivem armando para as mulheres? Agora nós estamos armando para vocês. Vamos ver se você pelo menos pode ter um bom desempenho. Se você, com essa cara toda de trouxa, vai ser legal. Porque se não for legal, vamos ter problema. Mas eu tô falando isto tudo não é para você ficar nervoso, com medo e brochar, não. Porque se você brochar, vai levar surra também. Aqui não tem solução. Tem que comer, tem que transar. E tem que transar gostoso, tem que transar legal. Eu tô aqui representando milhões de mulheres que são enganadas por babacas como você. Canalhas como você. Entendeu? Eu tô aqui representando essas mulheres. Otários como você que vão conhecer o seu lugar. Agora vamos lá, meu amor. Vem cá! Vem me beijar na boca. – E Gladys morria de rir.

Marcos não imaginava, mas uma câmera estrategicamente colocada no quarto transmitia tudo através do Skype para Luísa, que estava em casa, recostada em sua cama, sob os seus lençóis de cetim, assistindo a tudo e se deliciando ao ver o marido apavorado, acuado, rendido. Luísa de tempos em tempos soltava uma tremenda gargalhada. E, como se Gladys pudesse ouvi-la, ela gritou:

– Manda brasa, amiga, humilhe. Acabe com ele!

– E comece a rir – completou Gladys. – Pode começar a rir porque como eu já disse não quero saber de cara feia. Não esquece tudo que falei, porque é tudo verdade e você já sabe, qualquer coisa é só dar o toque aqui na porta. Tu vai sair numa maca! Direto pro hospital, se bobear ou se tentar qualquer coisa. Vamos começar a rir! Ria, ria, palhaço.

Luísa em sua casa, reagia como se estivesse presente:

– Ria, seu idiota, ria!

Aos poucos, Marcos começou a rir. Era um riso forçado, cheio de ódio, cheio de cólera, cheio de raiva e rancor. Se ele pudesse, matava aquela velha desgraçada com as próprias mãos. Mas ao invés disso, ele riu, riu como Gladys mandou. Ela pegou as mãos de Marcos e as colocou em seu corpo.

– Assim... assim... gostoso. Tô vendo que tu é bacana. Tá aprendendo. Assim. Faz carinho. Bem legal.

Luísa, que não estava se aguentando de felicidade, não parava de fazer comentários:

– Se continuar assim, vou gozar.

Marcos timidamente começou a passar a mão no rosto de Gladys, passar as mãos em seus braços e descer as mãos até a cintura. Acariciou a barriga de Gladys e ela gritou cheia de prazer ao ver a humilhação de Marcos.

– Me beija na boca! Me abraça com carinho e me beija na boca!

Marcos relutava. Luísa gritava de sua casa:

– Beija!

Marcos suspirou, quase desfaleceu, mas não havia como resistir. Ele já tinha entendido totalmente o que acontecia e faria tudo como ela mandasse, porque era o que estava planejado. Então Marcos beijou Gladys na boca.

Luísa bateu palmas olhando tudo através do seu computador.

Gladys era cruel e não dava folga a Marcos.

– Beija mais. Agora enfia a mão por debaixo da blusa e tira o meu sutiã.

Marcos tirou o sutiã. Beijou, abraçou, começou a beijar na boca com volúpia e ela puxando o cabelo dele. Marcos estava travando uma batalha interior para mostrar tesão, vontade, garra. Não podia fingir. Tinha que ser real.

E Gladys falou:

– Quero tudo. Menos fingimento. Agora aqui vai ser amor verdadeiro. Sexo com amor. É isso que você vai me dar. E você vai sair no lucro. Porque se quisesse, ainda te tomaria muito dinheiro, otário. Então, você já está no lucro, com uma mulher como eu fazendo sexo verdadeiro. Assim é que é. Assim é que eu gosto. Vem, agora vem, vamos pra cama. Vai beijando, vai fazendo carinho e me come, seu otário, me come de uma vez!

Repentinamente, Gladys repeliu Marcos e disse:

– Pare! Mudei de ideia. Não vou dar para um babaca como você. Não vou me sujar. Fique de joelho. Peça perdão a mim e muitas que você já enganou por aí, seu traste. Continue de joelhos até a minha saída. Imagine se eu iria transar com um monte de merda como você. Pela sua cara de sonso, não deve saber nem comer direito uma mulher, muito menos dar prazer...

Gladys entrou no carro e arrancou, deixando Marcos a pé.

O destino de Gladys, como havia sido combinado, era um refinado restaurante em Ipanema, onde Luísa já estava à sua espera. Quando viu a amiga chegando, gritou para o garçom, entusiasmada, chamando a atenção de todos no local:

– Garçom, o melhor champanhe do restaurante. – E levantou-se para abraçar Gladys.

– Nunca tomei champanhe – fala Gladys, feliz da vida. – Deu tudo certo, minha amiga.

– Deu tudo mais do que certo. Eu vi a cara de bunda do Marcos em close. Mas o melhor, Gladys, o melhor de tudo é que ele tomou uma lição que nunca mais vai esquecer.

– E agora, minha amiga?

– Agora? Deixa comigo. – Luísa está muito decidida e sabe exatamente o que vai fazer.

SEPARAÇÃO COMO SORTE GRANDE

Depois de comemorar com Gladys, de se extasiar com a humilhação que Marcos havia sofrido naquele motel e de passar e repassar infinitas vezes na sua cabeça o que havia acontecido no motel entre Gladys e ele, Luísa esperou pacientemente a volta do marido para casa, tomando uma garrafa de vinho.

– Oi, Marcos.

– Bebendo vinho antes do jantar, Luísa? Você não é disso...

– Estou comemorando.

– O quê?

– A minha doce vingança. Você finalmente deve ter aprendido a dar prazer a uma mulher. Nunca imaginei, Marcos, que você conseguiria obedecer a uma mulher. Você é um canalha!

– O quê? Do que você tá falando?

– Do seu encontro com a piranha da internet que deu errado no motel. Você foi passado pra trás, não é, meu amor? – Luísa falava irônica. Estava descobrindo um novo lado seu.

– Que motel? Eu passei o dia inteiro trabalhando. Resolvendo pepinos. Que história é essa?

– Você vai continuar mentindo? Seja homem e comece a falar a verdade. Pelo menos uma vez na vida.

– Isto é uma injustiça comigo. Você sabe que eu não minto nunca pra você.

– Nunca? Bom, se você não quer falar a verdade, falo eu. Você conheceu uma amiga pela internet. E marcou um encontro no motel com ela. Eu tenho todos os seus e-mails. Toma!

E jogou os e-mails na cara de Marcos que, de tão surpreso, acabou esbarrando numa cadeira ao dar dois passos para trás e caiu sentado no meio dos papéis em que sua infidelidade estava impressa. Luísa levantou-se calmamente, foi até a TV, ligou e a cena de Marcos com Gladys no motel aparece em alta definição.

– Você vai continuar negando até quando, Marcos?

Marcos estava nocauteado pelos fatos. Ele não tinha o que dizer, não havia desculpa, nem explicação. Ele se calou obstinadamente porque sabia que não tinha como sair dessa. E veio o golpe final de Luísa.

– Eu quero você fora dessa casa, agora! Nesse minuto! Vou dar o tempo de você pegar suas coisas, porque eu sou uma pessoa legal. Fora. Além do mais, querido, você nunca conseguiu me dar um orgasmo em nosso relacionamento. Eu sempre tive que fingir que sentia prazer. Você não sabe nem fazer sexo oral, parece um lambão. Parece ter medo de uma mulher com as pernas abertas. Não sabe o que fazer. Um cachorro faria melhor. Não consegue comer bem nem a própria mulher e ainda quer ter o direito de ter uma amante? É claro que a grande atração que ela deve ter por você é a cor de seu cartão de crédito, só isso.

Marcos, envergonhado, começou a recolher rapidamente suas coisas, a fazer duas ou três malas.

Abriu o porta-malas de seu carro para colocá-las lá dentro. Ele não sabia se estava mais irritado porque seu casamento tinha acabado com Luísa tendo todas as provas contra ele, ou se estava realmente irritado consigo mesmo por ter sido tão ingênuo a ponto de se deixar pegar numa armadilha tão manjada como perfil falso em internet. "Isso é que dá pensar com a cabeça de baixo", não cansava de se culpar. "Vou para um apart e depois penso no que faço", resolve Marcos.

Quando estava acomodando sua bagagem no porta-malas do carro, encontrou o brinco de Luísa. Imediatamente veio à sua mente o dia em que ele perguntou a ela onde estava o brinco que ele havia lhe dado. Foi no dia em que teve o último encontro com Vanessa no motel.

– Desgraçada! – grita Marcos. Ele sabia que Luísa tinha gravado a sua conversa com a amante, mas tinha quebrado a cabeça tentando descobrir como. Finalmente ficou claro para ele, ela esteve nesse porta-malas.

Marcos estava possesso. Ele entrou em seu carro, bateu a porta e arrancou com violência.

Quem presenciou tudo de sua varanda no segundo andar de sua casa foi Gaspar, que a princípio ficou curioso vendo Marcos acomodar as malas no carro, mas, depois de entender o que estava acontecendo, ficou alegre. Muito alegre. Com uma indisfarçável alegria.

Luísa lembrou-se imediatamente da chata da sogra. "Finalmente aquela vaca vai ter o seu filho de volta em casa. De onde ele nunca deveria ter saído."

LUÍSA E A INTERNET

Luísa, agora separada, uma mulher livre, acabava de postar na sua página do Facebook seu novo estado civil. Aparece na tela, em letras maiúsculas:

"SOLTEIRA"

E no item "no que você está pensando" – em seu Face – ela escreve:

"Me sinto na pele de uma Barbarella moderna.

"São 5 mil anos de opressão que estão ficando para trás. Dez mil anos de machismo, controle, submissão, resignação. Tudo isto já era. As mulheres agora vão fazer com os homens o que eles têm feito com elas esse tempo todo. O que existe mesmo é uma revolução. A Nova Era da mulher moderna.

"Descobri uma coisa: o casamento não é a solução de nenhum problema e nem a conquista da felicidade. As pessoas casam para resolver um problema e arranjam todos os outros que não deveriam... Afinal de contas, casamento é prisão ou libertação?"

Não demorou nada e já começou a receber as perguntas dos seus amigos que compartilharam a notícia. Mônica foi a primeira.

"Como é que pode, Luísa? Ontem mesmo você tinha acabado de casar!"

"As coisas mudam. A vida é dinâmica", escreveu Luísa de volta. "Quando a gente se encontrar, eu te conto detalhes."

Outro amigo escreveu: "Bem-vinda à vida."

E um outro amigo: "Tá louca? Quem é essa tal de Barbarella?"

Outra amiga escreve: "Se você tá feliz, é isso que importa."

"Além de feliz, eu estou livre. Não existe felicidade na escravidão e na mentira", respondeu

Luísa não parava de pensar que tinha abandonado sua casa, sua vida, para seguir ao lado de Marcos, para seguir ao lado de seu marido. Ela tinha sonhos de construírem uma vida juntos. Criarem os filhos, os netos, envelhecerem um ao lado do outro. E pouco tempo depois de casados, todos os sonhos desabaram. Ela se sentia estranha e seu maior companheiro nessa altura do campeonato era o seu iPad.

Luísa estava feliz e animada, sentada na frente de seu computador de calcinha e camiseta, digitando. Depois de passar algum tempo no Facebook, começou a navegar na internet até encontrar uma sala de bate-papo sexual. Era a primeira vez na vida que entrava nesse tipo de chat. Ela ficou visivelmente perturbada e até envergonhada. Não teve coragem de digitar nada. Ficou só espiando. As coisas que apareciam na tela eram de fato constrangedoras.

Apareceram os seguintes dizeres na tela do computador de Luísa: "Se gostou, entre na sala, senão, procure outra." Luísa pensou, repensou. Levantou-se, deu uma volta em seu quarto. Foi até a varanda, olhou o mar e, de repente, sorriu safada. "O que eu tenho a perder? Eu não estou curiosa? Estou. Então...", pensou. Sentou-se de volta em frente ao seu computador e resolveu participar. Depois de preencher todos os requisitos e passar por todas as etapas para se inscrever, finalmente ela pertencia à essa comunidade e já podia se comunicar com seus membros. E usou o nome "Inocente-Curiosa".

Luísa digitou: "Sou jovem, tenho 26 anos, desfruto de uma ótima situação econômica e independência financeira. Casa própria, corpo escultural, nível cultural superior e, apesar de tudo e de todas as possibilidades, privilégios que eu tenho, eu nunca gozei. Tem algum homem aí, sensível e sofisticado, que possa me surpreender?"

Tony (codinome Rola Fenomenal) digita de seu pequeno escritório no centro de São Paulo.

Rola Fenomenal fala para Inocente-Curiosa: "Olha gata, me parece que você não tá com essa bola toda, não. Acho que tu mente muito. Tu é mesmo uma piranha metida. O que tu precisa mesmo é de uma boa vara nessa tua bunda sem-vergonha. Pra tu começar a chegar perto do prazer. É isso aí, piranha. Vai encarar?"

Felipe (codinome Passageiro da Noite) digita em uma Lan house em Manaus.

Passageiro da Noite, para Inocente-Curiosa:

"Inocente-Curiosa não se impressione com a baixaria do Rola Fenomenal. Eu sou o homem certo para resolver o seu problema. Já comi muitas mulheres com esse histórico. Meu método é certeiro. Eu descubro qual é sua preferência secreta. Aquilo que você diz que detesta, que acha que detesta que não dá de jeito nenhum e no final das contas é o que te faz gozar."

Karina, que se autodenomina Loira Stripper e se vangloria de ter seios e bumbuns fartos, digita para Inocente-Curiosa: "Gostei, rica entediada. Todo dia tem umas 100 como você. É o que mais tem. Mulher que não goza. Mas o bacana é que você teve a coragem de dizer. Não ficou enrolando. Entregou tudo logo."

Felipe, o Passageiro da Noite continua digitando: "É isso aí! Muitas vezes o que você não queria ontem hoje já não existe nada melhor. É o que eu chamo de M.M. Quer dizer: Mulheres Mudam!!!!"

Luísa estava totalmente surpresa e atordoada diante de tudo isso. E, às vezes, se sentia indignada. Outras, sentia certo nojo, mas ao mesmo tempo, começava a se divertir.

Rola Fenomenal, o Tony, digita. Na tela da sala do bate-papo sexual aparece: "Aí piranha, o Passageiro da Noite já deu o serviço. Se tu tá a fim de pica mesmo, é só falá comigo. Agora, se tu tá a fim de frescurinha e armação tem esse babaca afrescalhado, esse bundão do Passageiro da Noite. Ao que me parece, esse bicho tem papo longo e pica curta. Não se deixe impressionar. Se for pica mesmo, é comigo."

Luísa ficava ofendida quando era chamada de piranha. Chegou a ficar consternada como se a ofensa fosse para ela. Mas quando o Rola Fenomenal chama o Passageiro da Noite de bundão ela começa a rir e se dá conta de que a piranha não é Luísa, é o personagem que ela inventou. É a Inocente-Curiosa. Essa é a vantagem de ser anônimo. Você pode escrever o que quiser, do jeito que quiser, pode elogiar, ofender, sacanear, falar as maiores barbaridades, falar as maiores sujeiras, desligar o computador e continuar com a sua vidinha careta, sem que ninguém desconfie de nada. Você só vai às vias de fato se quiser. Tudo isso não deixava de ser uma grande brincadeira onde se podia extravasar o lado mais pervertido. Era isso que Luísa estava pensando quando resolveu se manifestar novamente.

Luísa digita usando seu codinome de Inocente-Curiosa: "Pensando bem. Se para eu gozar eu vou ter que transar com idiotas, vaidosos, pilantras, caretas e escrotos como vocês, melhor eu não gozar! Com certeza dá mais prazer!"

Karina, a Loira Stripper, imediatamente tomou as dores de sua nova amiga virtual e responde: "Mandou bem, gata. Tu pôs pra fuder. E mandou esses caras para onde eles já deviam estar há muito tempo: Na lata de lixo."

Luísa sorriu e abandonou por alguns instantes seu computador. Teve uma ideia e quer colocá-la em prática.

Depois de separar algumas peças de roupa e colocar em cima da sua cama, Luísa estava em frente ao espelho de corpo inteiro. Se olhou por alguns instantes, se examinou e gostou do que viu. Gostava do seu corpo, da sua pele, do seu cabelo. Colocou uma lingerie de renda preta. Era uma calcinha ousada e um sutiã meia taça. Sobre essa lingerie sensual, colocou um vestido preto igualmente provocante. E salto alto. Novamente, olhou-se no espelho e gostou do que viu. Não havia dúvida de que Luísa tinha mudado seu olhar sobre si mesma. Estava se gostando mais, se amando mais. Estava mais segura e confiante. Disso não havia a menor dúvida. Resolveu fazer outras experiências. E vermelho foi a cor escolhida. Lingerie vermelha de renda, detalhe indispensável, e um vestido branco, meio transparente, no qual se via sem muita nitidez a lingerie embaixo. "E se tudo fosse renda? Lingerie e vestido. Tudo transparente, quase tudo à mostra?" Vestiu, gostou e agora Luísa estava na dúvida porque achou que tudo lhe caiu muito bem. Estava pronta para ir à luta. Mas hoje nenhum desses vestidos era o que Luísa desejava.

Hoje, ela não precisava de uma roupa elegante, charmosa, de grife, caríssima, delicada e com caimento perfeito. O que Luísa precisava naquele dia era de uma roupa de batalha. Olhou dentro de seu guarda-roupa e não tinha muitas opções para o que ela desejava. O que tinha em mente era uma saia não muito curta, do joelho para baixo e lascada. Pode ser lascada na frente ou nas costas. Se for na lateral teria que ser até bem em cima.

Depois de procurar muito, encontrou uma peça.

– Acho que poderá ser essa saia – disse e vestiu-se.

Diante do espelho, experimentou as três posições do corte na saia: lateral, frontal e traseira. Depois da análise, finalmente ela achou que arrasaria com seu modelito.

Foi até o armário, pegou uma tesoura e cortou um pouco mais. Depois, diante do espelho, posou para si mesma com uma enorme tesoura na mão. Olhando de costas e de frente, Luísa se contemplava. Usou a tesoura mais uma vez e deu o último e definitivo corte na parte frontal da saia. Luísa sorriu. Chegou a ser um sorriso quase diabólico. Um sorriso de prazer pelo que estava por vir.

O FAMOSO CAFEZINHO

Novamente Mônica estava perplexa com o que Luísa queria fazer.

– O que você vai fazer na avenida Atlântica, Luísa? Você ficou maluca? Bancar a prostituta?

– Bancar, não. Fingir. Interpretar... Artística e poeticamente.

– Pra quê? – Mônica continuava perguntando intrigada.

– Porque eu sempre tive curiosidade, e agora eu tenho curiosidade e coragem – respondeu Luísa, realmente muito confiante. – Não sei explicar, mas o fim do meu casamento me transformou em outra mulher. Ao contrário do que pensam, o casamento não é garantia de felicidade. Pode ser, na verdade, a origem das infelicidades. O casamento, geralmente, é mais uma forma de prisão.

– Acontece com todo mundo. Um relacionamento quando termina muda muito a gente. Mas fingir ser prostituta pra rodar bolsinha na Atlântica passa dos limites.

– Quem é a caretona aqui agora? – sorriu Luísa quando disse essa frase.

– Você ainda não me disse pra quê – repetiu Mônica insistentemente.

– Não sei. Não há uma explicação racional. Só estou com vontade e, de hoje em diante, vou fazer tudo o que eu tiver vontade.

Luísa estava decidida.

AVENIDA ATLÂNTICA

Luísa chegou com seu carro e estacionou em plena avenida Atlântica. O movimento era imenso. Copacabana é uma festa à noite. Luísa saiu do carro com uma sacola de plástico nas mãos e observou a tudo e a todos.

A praia mais famosa do Brasil tinha de tudo. Prostituição, travestis, turismo sexual, turistas com suas famílias, garotos e garotas de programa.

Três morenas e uma loura desceram de um táxi. Elas usavam blusas e decotes ousados, saias curtas e sapatos de salto. Do outro lado da avenida, num quiosque tomando água de coco, uma mulata de olhos grandes e expressivos, com sua roupa ousada e chamativa, observava as quatro mulheres que desceram do táxi e se juntaram às outras que faziam a vida no calçadão. Luísa sorriu e seguiu seu caminho até um boteco ao lado, na rua lateral à avenida Atlântica. Lá, pediu para ir ao banheiro. O rapaz que estava atendendo no balcão até estranhou ver uma mulher tão fina e elegante ali, mas "deve ser turista", pensou. Indicou o banheiro e ela entrou no toalete fedorento. O banheiro estava imundo, cheirando a urina. A descarga com certeza nem funcionava e havia papel higiênico usado espalhado em volta do vaso sanitário. Nenhuma pessoa em sã consciência o usaria, mas as condições do banheiro eram o que menos importava para Luísa naquele momento.

Dentro do banheiro, Luísa tirou da sacola as roupas que ficou experimentando em casa. Depois, tirou sua roupa e vestiu a que trouxe na sacola. Uma saia curta e a blusa decotada, o mesmo estilo que as prostitutas do calçadão usam. Estava usando uma calcinha de oncinha que, conforme se movimentava, aparecia de relance, o que dava um ar ainda mais sexual para o figurino. Luísa guardou as roupas originais dentro da sacola e saiu do banheiro, vestida como uma garota de programa.

Luísa voltou para a avenida e parou em um ponto. O mesmo grupo de prostitutas que ela havia visto chegando em um táxi se aproxima dela, já hostilizando-a.

Uma das garotas logo gritou:

– Vai saindo daqui sua baranga!

A outra cercou Luísa e falou:

– Esse ponto é nosso! Fora vadia!

A terceira foi a mais ameaçadora:

– Não escutou, não? Fora safada!

Mas foi a loura que empurrou Luísa, que caiu no chão. A confusão estava armada. As quatro mulheres cercaram Luísa, que gritava:

– Eu também posso. E eu quero.

– Some daqui, sua vaca! A gente não quer ninguém novo no pedaço! – bradou uma das garotas.

Luísa, ainda caída no chão, conseguiu gritar para suas algozes:

– Calma, calma! Gente, eu não fiz nada.

– Que calma, o caralho! Se manda ou tu vai tomar uma surra daquelas – falou finalmente a loura.

Nesta hora, um carro parou e um homem de meia-idade saiu dele e chamou por Luísa.

– Você aí no chão! Ei! Vem pra cá.

Luísa se levantou cercada pelas quatro mulheres. Alguns travestis, outras prostitutas, garotos de programa, alguns turistas observavam a cena, mas ninguém teve coragem de interferir. Era comum um barraco no calçadão. Luísa chegou até o homem de meia-idade, que já havia entrado de volta em seu carro:

– Vem cá, sua piranha. Acabei de te salvar. Entra logo no carro, sua puta – disse o homem sem sequer perguntar se ela estava machucada, ou qual era seu nome.

Luísa, indignada, respondeu:

– Não vou entrar, não, primeiro nós vamos conversar. Calma.

– Nunca vi puta pedir calma – falou o homem num estranhamento sincero e irritado.

O homem saiu novamente do carro e foi em direção à Luísa para forçá-la a entrar no carro de qualquer jeito. Como a havia salvado das outras mulheres, achava que tinha direitos sobre ela, que ela deveria pagar aquele favor que ele lhe havia feito. "Afinal, ela iria tomar um cacete daqueles se não fosse por mim", pensava o cara. O homem agarrou Luísa com violência e acabou rasgando a blusa dela.

– Se você não entrar por bem, vai entrar por mal. E se você continuar criando caso, quem vai te dar uma surra sou eu – bradava o homem enfurecido.

Luísa foi empurrada contra o carro.

– Entra, sua piranha! – E foi para cima de Luísa com toda força que tinha.

Em reação Luísa, fez o que sempre pensou a vida inteira e nunca teve coragem: deu um chute entre as pernas do cliente. O homem se contorceu, gritando:

– Agora você vai ver.

Para espanto e surpresa de Luísa, as mesmas quatro prostitutas que a derrubaram no chão saíram em sua defesa.

– Covarde! – gritou uma delas.

– Safado! – falou a outra.

– Cai fora! – ameaçou a terceira.

A loura não disse nada, mas foi a primeira a avançar com tapas e unhadas na cara do homem. As outras partiram para cima do sujeito também dando chutes. Luísa ajudou a bater no calhorda. O cliente entrou no carro correndo. Estava todo machucado e com a cara ensanguentada das unhadas que levou. Ligou o carro e arrancou rápido, não sem antes levar mais uma bofetada na cara de Luísa, que estava adorando a noite que ela mesma se proporcionou.

Luísa voltou para casa depois dessa aventura perigosa que viveu sem se dar conta de que Marcos estava na frente da casa esperando por ela havia horas. Ele viu a ex-mulher chegar, a viu descendo carro, com a sacola de plástico dos disfarces na mão. Marcos está intrigado. "Luísa chegando a essa hora? Aonde ela foi?", pensou Marcos. "Luísa nunca gostou muito de balada", refletiu Marcos. Ele abriu a porta do carro e saiu para ver melhor Luísa. Caminhou lentamente pela calçada, mas de repente pisou em uma pedra solta e caiu de joelhos. Luísa olhou para trás, não viu o ex-marido, mas entendeu tudo. Sorriu e entrou em casa feliz, extasiada.

Luísa subiu as escadas até seu quarto, tirou a roupa e lembrou-se de sua aventura. Sorrindo e exausta, deu uma olhada em seus machucados. Raspou o braço e o joelho ao cair na rua, mas nada grave, nada que não tivesse valido a pena e se jogou na cama. Ligou a TV para pegar no sono, abriu seu laptop e digitou para Mônica.

"Minha amiga, hoje vivi uma experiência inesquecível", escreveu.

E Mônica imediatamente respondeu digitando de sua casa: "Conte tudo."

Luísa, sorrindo, digitou: "Não no Face. Não é uma informação para compartilhar. Precisamos nos encontrar dia desses."

"Vamos sim", escreveu Mônica. "Te passo uma mensagem."

"Ok", respondeu Luísa.

Quando ia dormir, a campainha da porta tocou. Luísa já imaginou quem poderia ser. Saiu do seu quarto, desceu as escadas e abriu a porta. Marcos entrou.

– O que você tá fazendo, Marcos? Resolveu me vigiar agora?

– Não.

– Então o que é? O que você quer? – Luísa falava com o ex-marido muito confiante. Ela sentia, ela tinha certeza de que estava no controle da situação.

– Será que a gente podia conversar, Luísa?

– Estou um pouco cansada. Fala logo.

– Eu quero voltar, Luísa. Quero reatar nosso casamento. – Marcos foi se aproximando de Luísa, numa atitude claramente sedutora. – Eu sinto muito a sua falta, meu amor.

– Marcos, é o seguinte, depois de tudo o que aconteceu, muita coisa mudou. Você acha que eu quero continuar casada com você, Marcos? Me responda!

– Luísa, eu sei que errei, eu tenho consciência de todas as coisas que eu fiz, eu sei de tudo e quero te recompensar, Luísa. Me dá uma nova chance.

– Você faria qualquer coisa por mim? – disse Luísa com um sorriso cínico.

– Qualquer coisa – disse Marcos, arrependido.

– Qualquer coisa mesmo?

– Me diz que eu faço. Eu quero o seu perdão. – E com mais ênfase repete: – Me diz que eu faço.

Luísa pediu a Marcos que a seguisse até o quarto. Marcos estava muito satisfeito, feliz, porque ele podia imaginar o que aconteceria naquele quarto. Repetiria sua façanha de tantas noites. Já na escada, tentou agarrar Luísa, beijar-lhe a nuca, mas Luísa pediu calma. Os dois entraram no quarto e ela foi até o armário pegar uma caixa. Marcos estranhou, pois ele tinha certeza de que, assim que entrassem, começariam a se beijar loucamente e fariam sexo a noite inteira. "Em vez disso, uma caixa!", pensou Marcos. "O que significa isso?"

Marcos ficou ainda mais confuso quando Luísa tirou de dentro da caixa um vestido de noiva, o mesmo que havia comprado algum tempo atrás pela internet.

– Só faço amor com você, Marcos, se você vestir o vestido de noiva.

– Pirou, Luísa? Que que é isso? Enlouqueceu? Basta eu me afastar um tempinho e você já vira uma pervertida? Sou homem. Macho.

– Mudei mesmo, Marcos. Agora coloco em prática as minhas fantasias.

– Lésbica? É isso? Tá afim de transar com uma mulher?

– Não. Tenho vontade de transar com um homem vestido de mulher, ou melhor, vestido de noiva. Qual o problema? Qual o problema da liberdade no sexo?

– É isso o que você quer?

– É.

– Tudo bem. Vou passar esse ridículo só pra te provar como você é importante pra mim.

E Marcos entra no banheiro para se trocar. Luísa grita do quarto:

– E passa maquiagem! Quero com tudo. Vestido de noiva e maquiado.

Algum tempo se passa e Marcos saiu do banheiro, vestido de noiva e maquiado como Luísa havia pedido. Enquanto estava no banheiro, Marcos começou a gostar da brincadeira. Entrou no clima da fantasia de Luísa. Na verdade, Marcos estava achando tudo aquilo muito mais interessante do que a brincadeira de papai e mamãe que faziam à noite, sem nenhuma criatividade. "Essa nossa pequena separação melhorou muito a minha mulher", pensou Marcos. E saiu do banheiro muito excitado. Deitou-se prontamente na cama e chamou por Luísa.

Não estava mais aguentando de tanto tesão. E Luísa, olhando para ele, não se mexia. Não saía do lugar.

– Vem, Luísa, que eu tô em ponto de bala. – E mostra para Luísa seu pênis ereto por debaixo do vestido. – Vem que você não vai se arrepender.

E Luísa, com toda a calma, com firmeza, olhando bem nos olhos de Marcos diz:

– Mudei de ideia. Não quero mais. E agora sai da minha cama.

– O quê? Não entendi – falou Marcos, surpreso.

– Não tem o que entender. Saia já da minha cama. Sai agora – repetiu Luísa ainda mais firme. – Vá trepar com suas amantes. Sai da minha casa!

Marcos tirou o vestido, vestiu a calça e saiu enraivecido. Humilhado, sai da vida de Luísa para sempre.

E Luísa deita-se para dormir. E dorme. Dorme profundamente, dorme com os anjos. Era a primeira vez que dormia tão tranquilamente depois da noite de núpcias.

O PLAYBOY

Mais uma vez, sentada à frente de seu computador, na sala de bate-papo, Luísa conversava com o Garoto Levado.

"Quero você agora", fala para Inocente-Curiosa, "Tá afim de uma rola grande?"

Luísa sempre ficava chocada a princípio, mas depois acabava se acostumando com a baixaria e entrava no jogo.

Inocente-Curiosa fala para Garoto Levado: "Só se for de verdade. Será que é possível partir do virtual para o real? Vamos ser reais?"

Garoto Levado fala para Inocente-Curiosa: "Claro! Você está certa. Vamos marcar agora."

Inocente-Curiosa fala para Garoto Levado: "Tudo isso tem que ser feito com muita discrição. É preciso que você siga todas as minhas instruções."

E Luísa digita exatamente o que Tino, o nome verdadeiro de Garoto Levado, tem que fazer para que se encontrem. Tino topa imediatamente.

Com todos os detalhes acertados, Luísa entrou em seu carro com sua sacola de plástico nas mãos. Já dentro do veículo, abriu a sacola e tirou de dentro um vestido e sandálias, além de perfume e batom, rímel e lápis. Se trocou e se maquiou, se transformou, tudo dentro do carro, se mexendo entre o banco e o volante.

Guardou suas roupas na sacola, conferiu no retrovisor se estava tudo certo, deu a partida e saiu em direção ao seu objetivo. Ela não sabia quem era, nem como era Tino. Se branco, negro, mulato, alto, baixo, careca, cabeludo. A única referência que tinha era seu carro, um Porsche Carrera conversível amarelo.

Luísa estacionou seu carro no mesmo ponto de ônibus do dia que fez aquela viagem que mudou sua vida. Saiu do carro, foi até o ponto e entrou no ônibus, que não estava lotado. E, desta vez, sentou-se na janela. O ônibus continuou sua trajetória e Luísa saboreou cada momento, cada movimento, cada curva, cada freada que a remetia àquela viagem. O ônibus parou no ponto e o Porsche estacionou logo em seguida. Ao volante do carro estava um homem de pouco mais de 30 anos, elegante, bem-vestido, olhos claros, sedutor, com cabelo caindo na testa e um pouco acima das orelhas. O som do carro estava ligado tocando uma música romântica. Desta forma, começa o encontro às escuras de Luísa, ou o que os americanos chamam de *blind date*.

Luísa sorriu para Tino quando o viu. Ele retribui com um grande sorriso e começou a mostrar o Porsche para Luísa, tentando impressionar. Passou a mão pelo banco de couro e piscou maliciosamente para Luísa. Tino estava todo convencido, mostrando seu belo carro.

– Alô, princesa! Você é a Inocente-Curiosa? – pergunta Tino.

– Eu mesma. E pelo que vejo você é o Garoto Levado?

E Tino, com toda a cerimônia, abriu a porta do carro para que Luísa entrasse, querendo parecer educado e fino.

– Entra, entra. Aqui nesse carro qualquer uma vira princesa. Você me falou que tinha uma boa situação financeira. Que rica é essa que precisa andar de ônibus pra um encontro? Papo de internet, né? Só pra impressionar.

– É sempre bom impressionar – falou Luísa com toda a tranquilidade.

– Mas agora não precisa mentir mais. O importante agora é curtir nosso passeio de primeira aqui, nesse carrão.

E Tino começou a rir. Luísa apenas sorriu.

Tino, ironicamente, perguntou:

– Você é muito corajosa de ter aceitado um encontro às cegas. Não é todo mundo que se arrisca assim, sabendo que pode ser qualquer homem horroroso e psicopata. A única informação que te passei foi o meu carro...

Luísa sorrindo, respondeu:

– Estou aqui por que te achei interessante. É claro.

Tino deu a partida e arrancou, fazendo o motor roncar como ele queria. Queria ser notado.

– Por que será que não me impressiono de uma mulher ter aceitado um encontro desses?

Tino riu, Luísa também, surpresa com tanto apego, deslumbramento e infantilidade enquanto o Porsche seguia pela Sernambetiba em mais um lindo dia na cidade do Rio de Janeiro.

A viagem prosseguiu até a praia da Macumba. Uma praia linda. A praia da Macumba tinha esse nome por ser um local em que adeptos de religiões como umbanda e candomblé tinham o hábito de fazer suas oferendas à Iemanjá e orixás. É possível subir no Pontal durante a maré baixa em um caminho formado na areia.

E como ele havia previsto, a praia estava praticamente deserta. Os dois saíram do carro e Tino pegou Luísa pelos braços e começaram a dançar ao som de um forró que estava tocando no CD. Luísa até achou divertido dançar na areia. De repente, Tino começou a tirar a roupa. Jogou a camisa no carro e puxou Luísa para perto.

– Hoje teremos um prato especial: "Gata à milanesa" – falou rindo alto.

– Espera aí: que história é essa de gata à milanesa? – perguntou Luísa, já não se divertindo tanto.

E Tino foi perdendo a compostura e, sem parar de rir, respondeu:

– Você já comeu sardinha à milanesa? Já? Ali é sardinha à milanesa com farinha, aqui é gata à milanesa com areia. E a gata é você!

Luísa fitou incrédula o homem, olhou ao redor e não viu ninguém.

– Praia deserta, meu bem. Vem cá! Vem logo!

Tino puxou Luísa com força e começou a beijar seu pescoço. Ela se afastou como pôde. Tino tirou mais uma peça de roupa e, cada vez mais enlouquecido, jogando o resto das roupas no carro, ficou só de cueca.

Nesse momento, Luísa respirou, tentando se acalmar. Resolveu tirar a sandália calmamente. Ela precisava de um tempo. Precisava ter certeza do que faria para então executar sua ação, sem erro. Luísa estava com os pés descalços na areia e isso lhe fazia muito bem, lhe dava a serenidade de que ela precisava naquele momento.

Tino, por outro lado, estava cada vez mais irracional, mais excitado. Encostou Luísa no capô amarelo do carro e, com energia e rapidez, tirou seu vestido, puxando-o por cima da cabeça.

Luísa, revoltada e apavorada, ficou de calcinha e sutiã sentada em cima do capô do carro. Os seus cabelos estavam desalinhados. Ela estava selvagem e linda. O sol refletia em seu rosto. Resolveu ficar de pé no capô do carro.

Era uma mulher monumental. Tino a olhou boquiaberto, perplexo com tanta beleza, mas, imediatamente se recompôs e começou a gritar:

– Saia de cima do carro. Você vai amassar o capô. Desce já daí.

Luísa pulou do capô e saiu correndo pela areia em direção à água.

Tino correu atrás dela e, alcançando Luísa, pegou-a pelos braços com força e arrogância.

– Agora chega de brincadeira! Acabou a enrolação, porra! Tira logo essa calcinha, sua vaca.

Luísa descobriu uma força interior que não conhecia. Pegou com as duas mãos os braços de Tino e se desvencilhou dele. Falou com muita firmeza:

– Vaca é a sua mãe, a sua irmã e a sua mulher. E você é um merda.

Tino, espantado e atordoado, quase não acreditou naquela transformação. Foi pego de surpresa. Luísa olhou com firmeza para ele, empurrando-o com força na areia. Tino, incrédulo, reagiu:

– Mas, princesa, o que é isto?

Luísa sentiu-se poderosa. Estava surpresa consigo mesma, com tamanha segurança, tamanha força interior.

– Princesa o cacete – disse.

Ela não iria ceder. Não adiantaria ele vir bancando o bom moço, e nem falando que tudo não passava de uma brincadeira, uma fantasia. Ela não iria ceder. Tino, por outro lado, se enchia de ódio:

– Olha aqui, eu não admito que ninguém fale assim comigo, nem da minha família. Você vai pagar por isso!

E partiu para cima de Luísa, que corria. Olhava para trás e ria. Começava a se divertir com a situação. Tino, correndo atrás dela, escorregou e caiu. Levantou furioso, cheio de areia na cara, no corpo e no cabelo. Num gesto dramático, tirou a cueca e ficou inteiramente nu. Jogou a cueca para o alto e partiu decidido atrás de Luísa.

Luísa chegou ao carro pelo porta-malas, passou pelos bancos e subiu no capô e gritou bem alto:

– Vaca é a sua mãe! Vaca é a sua irmã! Vaca é a mãe dos seus filhos! Vem me pegar, seu babaca! Vem me pegar!

Se virou agilmente e sentou-se ao volante. Ligou o motor.

Tino, ao ver a cena de Luísa andando por cima do carro e sentando-se ao volante, sente-se como se tivesse tomado uma facada no coração. Aquele carro era tudo para ele, era a afirmação de sua masculinidade. Tino caiu de joelhos na areia, ofegante, quase espumando de ódio. Luísa arrancou com o carro lentamente, rindo da cara dele, que agora, desesperado, começou a correr atrás do Porsche, implorando para parar com aquela brincadeira.

– Por tudo que você quiser, para esse carro. Eu faço tudo o que você quiser, mas para o carro. Eu estava só brincando com você – gritou quase chorando.

Luísa freou o carro a uma distância segura. Abriu o porta-luvas e encontrou a carteira, o celular e os documentos do carro de Tino. Luísa gritou, se divertindo, invertendo o jogo:

– Suplica, implora, desgraçado! Implora por seu carrinho de merda! Essa coisa cafona, sem-vergonha! Implora, seu babacão!

E ria de tudo o que estava acontecendo. Ria daquele homem nu, cheio de areia e desesperado. Luísa caía na gargalhada e acelerava mais um pouco, freando o carro aos poucos. Andava 300 metros e freava, várias vezes, causando ainda mais desespero em Tino.

– É bom você saber, seu palhaço, o que é tratar bem uma mulher.

Estava tudo ali: sua roupa, sua carteira, seu celular e seu carro. Tudo!

– Você não vai precisar disto agora. Todos esses artifícios você usa para humilhar as pessoas. Chega. Você não passa de um saco de merda que anda, fala e grita.

Tino gritava desesperado:

– Não faça isso comigo. Te imploro. Te dou o que você quiser. Por favor, para. Me espera. Me deixa ir embora com você.

Tino correu com as mãos entre as pernas. Estava coberto de areia, suado e choramingando. Luísa andou um pouco mais e freou o carro. Quando Tino estava chegando perto, ela andava mais uns metros. Parava. Trocou a música por uma muito melhor, por uma de bom gosto, e acelerou. Luísa fez algumas manobras na areia, para desespero de Tino, antes de pegar a estrada. Tino continuou correndo atrás do carro, implorando, chamando, esbravejando, ameaçando, gritando desesperado. E o carro foi se afastando cada vez mais. Luísa olhou pelo espelho retrovisor. A figura de Tino foi ficando cada vez menor. Luísa sorriu e pensou: "Como Tino, existem milhões de outros homens que precisam, de uma vez por todas, serem colocados nos seus devidos lugares."

Ainda dirigindo o Porsche, Luísa mandou uma mensagem para Mônica: "Preciso te ver agora? Tem tempo?"

E Mônica respondeu: "Onde?"

Luísa pensou um pouco e se lembrou de uma loja de tatuagem na Barra. Digitou o endereço para Mônica.

Foi até o ponto de ônibus onde havia deixado seu carro. Trocou de carro, abandonando o Porsche e foi ao encontro de Mônica, na Barra.

VIDA NOVA. TATUAGEM. IGUALDADE.

Luísa estava deitada de bruços sendo tatuada na parte baixa da cintura, na lombar, quando Mônica chegou. O tatuador estava escrevendo a seguinte palavra: Igualdade.

Mônica, absolutamente surpresa, disse:

– Tatuagem, Luísa? Você mudou muito, minha amiga.

– Mudei sim. Pra melhor, Mônica. Pra muito melhor.

Mônica leu o que estava sendo tatuado:

– "Igualdade". Não estão faltando as palavras "Liberdade e Fraternidade"?

– É que não ando muito fraternal ultimamente, Mônica. Mas vou incluir a palavra "liberdade" – responde Luísa. – Eu estou mais para a liberdade de se viver intensamente e a igualdade de direitos entre homens e mulheres. As mulheres precisam parar de ser sacaneadas por esses otários. E pronto, já disse. Vai ser duro para os homens entenderem e aceitarem. Mas, de agora em diante, a mulher pode tudo. Como tem sido para os homens nos últimos milhares de anos.

– O que você tem de tão importante pra me contar, amiga?

E Luísa contou todas as suas aventuras dos últimos tempos. Como pegou Marcos com outra no motel, o vizinho sacana que ficava dando em cima dela na frente da mulher, das salas de bate-papo sexual até o ápice com Tino pelado na praia, chorando o carro perdido. Mônica estava se divertindo muito. As duas riam às gargalhadas das peripécias de Luísa, enquanto a tatuagem estava sendo feita. Ao terminar, Luísa perguntou:

– Ficou boa, Mônica?

– Ficou ótima, Luísa.

– E o que você quer fazer agora, amiga?

– Sabe o que me deu vontade? Assistir a um filme. Podemos baixar na internet e assistir. Um amigo me ensinou.

– Qual filme?

– A história da talentosa bailarina inglesa, Isadora Duncan. Você vai amar. Eu estou me sentindo um pouco "Isadora", pois ela tinha personalidade forte e não se curvava às tradições. Não era afeita ao casamento, e só se casou três vezes porque tinha a possibilidade de separar-se.

Luísa se sentia como se seu espírito estivesse em um palco dançando livremente, como Isadora Duncan, que se livrava dos véus durante a dança. Era isso que Luísa estava fazendo em sua vida: se livrando dos véus, se descobrindo, tentando tirar a hipocrisia, a culpa, o medo, as regras sociais, para que a sua verdadeira emoção, o sentimento mais profundo pudesse aparecer. Cada véu que caía no chão era como uma libertação.

Liberdade e Igualdade. Não era à toa que tinha escolhido aquelas palavras. Era do que ela precisava, era o que ela queria. Luísa se sentiu realmente feliz naquele momento, como há muito tempo não se sentia. Se sentiu livre e entendeu que o exercício da liberdade durava a vida inteira. "Amanhã, espero ser mais livre do que hoje", pensou Luísa.

OS ENSINAMENTOS DO MEU AMIGO GAY

Dias depois, conversando com Mônica, em um café, surgiu o assunto que toda hora aparece:

– Sexo anal.

– Agora você me supreendeu. Não sabia que você fosse praticante desta elegante modalidade do esporte sexual, amiga... – disse Luísa, num misto de surpresa e curiosidade.

– Mas é claro. Minha querida, você não faz ideia do prazer – disse Mônica com jeito de profunda conhecedora do assunto.

– Eu não gosto de sentir dor.

– Mas isso é mito, Luísa. – E Mônica fala com muita convicção: – E os gays? Você acha que eles iam passar a vida sofrendo? De jeito nenhum. A maioria das pessoas que praticam sexo anal não tem dor nenhuma. Ao contrário, só sentem muito prazer.

O cafezinho acabou, as duas se despediram e Luísa voltou para sua casa. Mas continuava curiosa com a história do sexo anal.

Luísa começou a navegar pela internet novamente. "A coisa mais maravilhosa que existe na internet", pensou "é poder pesquisar qualquer assunto, a qualquer hora, sem que ninguém saiba. O anonimato e a privacidade são coisas indispensáveis a qualquer pessoa".

Em sites sobre sexo anal, Luísa leu várias curiosidades que a estimularam ainda mais a experimentar na primeira oportunidade. Aquilo não saía de sua cabeça.

O pequeno detalhe que a intrigava era como as pessoas que fazem sexo anal resolvem a situação das fezes e excrementos.

Na hora veio à sua cabeça seu amigo Dudu, seu cabeleireiro com quem sempre teve muita liberdade. Luísa entrou na sua página do Facebook e, por sorte, Dudu estava on-line. Imediatamente lhe mandou uma mensagem privada. Depois dos cumprimentos habituais e de Dudu ficar chocado com a informação de que Luísa não estava mais casada, ela perguntou:

"Dudu, você vai até estranhar a minha pergunta, mas eu andei lendo sobre sexo anal e tenho algumas dúvidas. Será que você que é um querido poderia me dar umas ideias?"

"Estranhar por que, bebê? Tô adorando essa sua nova fase. A Luísa liberta de preconceitos e querendo saber sobre sexo anal. Este final de casamento lhe fez muito bem", escreveu Dudu em resposta. "Pergunte tudo amiga. A primeira dica é que, quando você fizer a primeira vez, não vai querer mais parar, porque é uma delícia."

"Como é que vocês fazem com a história das fezes?"

E, novamente, ela pensou como a internet era uma coisa boa. Ela jamais teria coragem de perguntar uma coisa dessas pessoalmente.

E Dudu imediatamente respondeu:

"Querida, a gente tem muito respeito pelo corpo do parceiro. Tem dois jeitos de resolver isso. Ou tomando um laxante pra eliminar tudo ou dando a famosa ducharada. É só fazer uma 'chuca', bebê. E mandar brasa."

"Não entendi."

"Chuca. Vou te explicar: pega a ducha, coloca naquele lugar estratégico, ou seja, o melhor lugar do mundo, o anel mais lindo do mundo, e abre com toda a força. Depois da aguinha lá dentro, você faz uma forcinha e expele tudinho pra fora. Fica tudo limpinho e cheirosinho, não sobra nada, te garanto. Seu gato vai amar e pedir sempre mais."

"Nossa, que dicas maravilhosas. Como é bom ter um amigo lindo e fofo como você. Na próxima oportunidade, vou experimentar. Mas é claro que vou. Já perdi muito tempo. Tô achando também que eu vou gostar."

"A sua primeira vez deve ser marcante. Um pau perfeito, bonitão, tudo muito molhadinho, com muito carinho. Muitos beijos. Língua pra tudo quanto é lado. Tem que pedir para ele beijar seu cuzinho. Enfiar a língua. Deve haver entrega total. Pense numa jabuticaba."

"Por que jabuticaba, Dudu?"

"Porque eu iria nascer e viver grudadinha a um pau. E ainda ia morrer chupada, uhhh. Entrando para a porta de entrada do mundo, amiga. Se liberte totalmente. Tome um vinho. Se sinta linda e poderosa. Relax total. Assim eu te garanto: você não vai ver apenas estrelas... vai ver uma constelação. Não. Melhor. Vai ver a via láctea inteirinhaaaaa. Bj.

"p.s. – Depois eu vou querer saber de tudo. Eu vou ver se minha amiga rainha, minha mona, foi uma boa alunaaa. Ok? Beijoka do Dudu."

Sozinha de frente para a tela, Luísa deu uma gargalhada...

"Bjs adorei conversar com vc."

HOMEM – MULHER, MULHER – HOMEM

Luísa continuava fascinada entrando nas salas de bate-papo e em sites do mercado de sexo, até que se deparou com mais uma novidade. Era uma festa. Uma festa diferente, onde o homem teria que estar vestido de mulher e a mulher vestida de homem.

Essa novidade aguçou a curiosidade de Luísa.

"O que faz as mulheres e os homens se apaixonarem? O que faz as mulheres e os homens traírem? O que faz as mulheres e os homens cultivarem suas fantasias sexuais?" Todas essas perguntas martelavam na cabeça de Luísa. Ela queria saber. Ela queria entender. Ela buscava caminhos de liberdade através de suas inúmeras dúvidas de mulher.

Como essa festa. O que faz uma mulher querer transar com um homem vestido de mulher e um homem transar com uma mulher vestida de homem? Sem nenhuma dúvida, Luísa precisava ir a uma festa dessas. Seria uma aventura e um aprendizado. E convidou Mônica, que imediatamente topou a novidade.

Luísa e Mônica passaram dias montando seus figurinos. Foram às compras. Terno, gravata, camisa social, sapato. Estavam realmente se divertindo. Pareciam duas adolescentes de 15 anos se preparando para a festa de debutantes.

No dia da festa, as duas resolveram se arrumar na casa de Luísa e Dudu apareceu para fazer o cabelo e a maquiagem. Luísa queria usar um bigode e Mônica, uma barba.

– Queridas, vocês vão ficar divinas. Não fosse pelo corpão dava até pra enganar que vocês são dois bofes – brincou Dudu.

– Mas a gente não quer enganar ninguém – retrucou Luísa. – Essa não é a ideia.

– Eu sei, mona – respondeu Dudu. – Mas ia ser engraçado se uma mulher se apaixonasse por vocês. E o melhor: sobrariam mais homens pra mim.

– Do jeito que a Luísa anda liberal, querendo ter todo tipo de experiência, não duvido nada que qualquer dia ela nos apresente uma namorada – brincou Mônica.

– Ué? A vida tá aí... Quem sabe? – disse Luísa.

E Dudu terminou seu trabalho. As duas estavam ótimas. Tanto Luísa como Mônica eram dois homens muito bonitos. Terno preto, camisa social branca, gravata vermelha e sapatos pretos. Esse era o visual de Luísa, que optou pelo clássico. Já Mônica resolveu usar um blazer bem masculino, de cor clara e uma camiseta azul por baixo. Elas estavam perfeitas.

Chegando à festa, era quase inacreditável o que se via. Os homens estavam muito produzidos. Vestidos de brilho, cabelos com gel, maquiagem forte, sapatos de salto. E as mulheres não ficavam atrás com seus figurinos masculinos.

Mal Mônica e Luísa chegaram, dois rapazes, Renato e Paulo, já vieram falar com elas. Convidaram as duas para dançar, e elas aceitaram. No meio da música, na pista, Renato já foi agarrando Luísa.

– Calma, gato – disse Luísa. – A gente mal se conhece.

– Aqui ninguém se conhece – disse Renato. – E nem é pra se conhecer. A gente veio aqui pra curtir.

– Por que você opta vestir-se de mulher? – perguntou Luísa muito curiosa.

– Todo homem gosta. Eu sou heterossexual. É fetiche, vontade de colocar o meu lado feminino pra fora. Um dia eu descobri que gostava de me vestir de mulher e comecei. E você, Luísa?

– Vim conhecer a festa.

– Você ainda não viu nada. Vamos subir?

– Subir pra onde?

Luísa estava apreensiva, mas não podia ignorar a excitação que sentia. Resolveu seguir seu instinto e subir com Renato.

Começaram os amassos. Ele estava ofegante e passava a mão pelo corpo de Luísa. De repente, ela sentiu o vestido de Renato roçando nela. O vestido estava ligeiramente erguido pelo pênis ereto.

Luísa se lembrou subitamente de Marcos com o vestido de noiva e sentiu tanto nojo que empurrou Renato e saiu do quarto. Encontrou Mônica no corredor, pegou-a pelo braço e, sem nenhuma explicação, apertou o passo em direção à saída.

NOVAS ESTRADAS

Depois dos últimos acontecimentos, Luísa estava se sentindo mais segura, mais confiante.

Marcos até que tentou se comunicar com ela. Veio com aquela conversa de sempre:

– Isso nunca mais vai acontecer. Eu tô arrependido, Luísa.

– Eu, não. Pelo contrário, todo dia eu ajoelho e agradeço a nossa separação. A melhor coisa que me aconteceu ultimamente foi o nosso casamento ter acabado.

Luísa estava tão decidida que até parou de atender os telefonemas de Marcos, mudou o seu e-mail, número de celular e no Facebook o deletou definitivamente. Cortou totalmente a relação.

Luísa estava se sentindo bem, estava se sentindo plena e foi fazer uma das coisas de que mais gostava: comprar lingeries. Saía do shopping com algumas calcinhas lindas que havia acabado de comprar. Pegou o carro e estacionou próximo ao velho ponto de ônibus, em frente ao motel. Decidiu refazer aquela viagem.

Um homem puxou com violência a sua bolsa, enquanto olhava distraidamente o trânsito. Indignada e com uma sensação de impotência, Luísa saiu gritando e pedindo por socorro, mas ninguém apareceu para ajudar. Num gesto quase alucinado, saiu correndo atrás do ladrão.

Luísa viu o garoto atravessando a rua que dava na favela do Vidigal e o seguiu. Ela não teve a menor dúvida, pegou um moto-táxi e foi atrás do garoto subindo favela afora.

A perseguição continuou por entre as vielas e os becos da favela, pelas ruas estreitas e tortuosas. Pessoas passam por Luísa. Alguns homens bebem sentados na frente dos botecos. O moto-táxi de Luísa continuava perseguindo o garoto por entre as lojas, vendedores ambulantes, pequenos prédios e barracos. Cães latiam, crianças jogavam bola.

Luísa viu o garoto saltando da moto mais a frente. Desceu no mesmo lugar, no alto do morro. Procurou no bolso do vestido dinheiro para pagar o moto-taxista.

Essa era outra situação inusitada em sua vida. Estava sozinha, sem bolsa, sem documentos, praticamente sem dinheiro, em plena favela do Vidigal, lugar em que ela nunca imaginou colocar os pés. Para Luísa, a favela era um lugar distante, de pessoas completamente diferentes das que ela conhecia, a não ser por seus empregados. Mas não conseguia imaginá-los fora de sua casa, não conseguia imaginá-los morando nas favelas.

Luísa, meio perdida, sem saber o que fazer, deu alguns passos, e notou um rapaz moreno sentado em uma escada terminando de colocar corda no violão. Em seguida, o rapaz começou a afinar o instrumento. Luísa ficou observando-o. É um homem bonito, forte, viril, mas que guarda um olhar de garoto desprotegido. Dentes brancos, maravilhosos. Luísa não pôde deixar de notar seus dentes quando ele sorriu para uma criança. E o sorriso também era terno, mas sem perder a masculinidade.

Luísa ficou lá, nem ela sabe direito por quanto tempo, olhando aquele homem-rapaz-menino. Ele dedilhou algumas notas no violão e Luísa se aproximou dele.

Ele foi muito solícito ao falar com ela:

– Você precisa de ajuda?

Luísa, ainda um pouco aflita com o que lhe acontecera no ponto de ônibus, respondeu:

– Eu fui assaltada em frente ao ponto de ônibus e levaram minha bolsa. Vim aqui atrás do garoto que me roubou. Você acha que pode me ajudar?

– Pera aí, que eu vou tentar te ajudar – disse sorrindo. Pegou seu celular e fez uma ligação. Falava com muita desenvoltura: – Aí, cumpadi, é Beto falando. Tem uma situação que eu quero sua ajuda. Levaram a bolsa da minha amiga ali em frente ao ponto. Vê se consegue resolver esse lance aí pra mim. Vou estar no Arvrão. Falô, sangue bom. Fico te devendo esta, meu irmão. – Desligou o celular e falou para Luísa: – Vamos comigo até a festa aqui perto. Você vai gostar. Se acharem a bolsa, eles vão devolver.

Luísa nem pensou em dizer não. Ela poderia estar entrando numa fria maior ainda, mas o Beto lhe inspirava confiança. Não sabia por que, mas inspirava. Ela, sem pensar muito, resolveu arriscar e foi com ele para a festa, que ficava bem perto de onde estavam. Luísa, que estava tensa e nervosa naquele ambiente desconhecido, se acalmou e acabou achando uma boa ideia. Ficou surpresa consigo mesma ao tomar esta atitude.

A festa era no Arvrão, ponto alto do morro, com vista panorâmica para o mar. Já era fim de tarde, quase noite e dava para ver a lua cheia refletindo no mar do Leblon, Ipanema e Arpoador ao fundo.

Quando Beto chegou com Luísa, a festa já tinha começado. Beto pegou o violão e começou a tocar, seguido por outros músicos que tocam agogô, reco-reco, pandeiro, cuíca, berimbau, tamborim e cavaquinho. A música era muito boa. Luísa andou, passeou pela laje, admirando a tudo e a todos. A paisagem era belíssima, um cartão-postal e as pessoas eram muito autênticas, sem afetação. Riam às gargalhadas. Todos dançavam e cantavam. Mulatas lindas. Muita comida e bebida. Havia felicidade no ar. No meio de tudo isso, o garoto ladrão apareceu com a bolsa de Luísa e um pedido de desculpas:

– Foi mal, tia, já marquei tua cara, com você não vai acontecer mais.

Luísa, totalmente surpresa, sem saber o que fazer, acabou sorrindo. Ela poderia naquele momento ter agradecido a todos e ter ido embora. Mas a vontade de ficar era maior. Todos estavam tão felizes. Era uma felicidade quase infantil. A música era ótima e seria um pecado deixar aquela festa e ir embora.

As pessoas estavam dançando. Beto tirou Luísa para dançar. Os dois começaram a se olhar intensamente. Havia sedução em tudo. As mãos que se tocavam, olhos nos olhos de maneira profunda e penetrante, as bocas que se aproximavam e se separavam sem se tocarem, algumas carícias discretas, imperceptíveis, roubadas. Estava implícita uma cumplicidade, um desejo entre Luísa e Beto.

A noite avançava, a lua estava alta no céu, iluminando a cidade e o mar. O mar que tantas vezes fez companhia para Luísa. O mesmo mar que tantas vezes foi seu confidente. Luísa pensou em postar essa paisagem maravilhosa, deslumbrante, arrasadora na sua página do Facebook, mas desistiu. Resolveu, em vez disso, desligar seu Iphone, ir passear abraçada a Beto. Os dois riam e se divertiam.

– Posso saber pra onde você tá me levando, Beto?

– E isso tem alguma importância?

– Na verdade, nenhuma.

E continuam caminhando abraçados, rindo. Seguiram até uma casa em obras. Encostaram numa escada de madeira na parede e subiram até a laje da casa. Lá em cima, havia um varal cheio de roupas. Uma verdadeira instalação de arte contemporânea. As roupas penduradas pareciam parte da paisagem. No fundo, o mar, e acima, a lua.

Beto tirou algumas roupas do varal para forrar o chão. Se deitaram.

A luz da lua fazia reflexo nas águas do mar e vinha parar entre Beto e Luísa, que se beijavam apaixonadamente. Apenas a luz do luar como testemunha e a festa que fazia a trilha sonora ao fundo. Os dois se amaram.

Mal o dia raiou, Beto e Luísa estavam na praia do Pepino, correndo na areia, entrando no mar, mergulhando e se beijando. E, saindo das ondas, caminharam em direção ao carro. Luísa deixou Beto na subida do morro. Despediram-se com um sorriso cúmplice.

É com esse sentimento que Luísa chegou em casa, feliz. Largou a bolsa na poltrona da sala e foi imediatamente para o quarto. Tirou a roupa jogando-a pelo chão. Estava só de calcinha, como ela gostava de ficar. Sentou na cama, pegou seu laptop e começou a viajar. Nunca havia encarado a internet como um portal para a realidade, para as pessoas, para um mundo com tantas possibilidades e personagens. Luísa estava pronta para postar sobre sua aventura na festa do Alto

Vidigal, e sabia que os amigos iriam comentar e querer saber mais.

Abriu uma nova janela, o cursor piscava. Estava pronta para se aventurar por caminhos cada vez mais fascinantes. Velhas estradas, novas pavimentações. Luísa pensava: "Muita coisa ainda está para acontecer. Tanto na internet quanto na vida real." E sorriu...

1ª edição	*novembro de 2012*
impressão	*Sermograf*
papel de miolo	*Lux Cream 70g/m²*
papel de capa	*Cartão supremo 250g/m²*
tipografia	*Electra LT Std*